弋舟·非虚构

掩面

我在这世上太孤独

上海文艺出版社

目录

001　写在前面：以孤独之名

———— 乡间 ————

021　老原：我现在五分钟能走完的路，就用十分钟走
030　韩婆婆：我现在就求菩萨让我还能动个十年
037　原大妈：要说我已经习惯寡妇的日子了，也不都是真话
045　郭奶奶：可青海我今天不回去，说不定也就没有明天了
052　老陆：我就不信政府能让我躺着等死
059　三理娘：周围乡亲都是老人，彼此之间即使有照应的心，
　　　　　　 也都没那个力气了
067　郭婶：农民咋？农民就不养老人了？
075　老何：每个老汉都是个炸药包
084　何婶：我现在最遗憾的是，没给闺女们拉扯过娃
091　老周：人要是金贵自己，才会金贵自己的身体

―― 城市 ――

103 曹姐：他们活了一辈子，知道盐打哪儿咸，醋打哪儿酸

112 老杜：都这岁数了又怎样？都这岁数就可以不要脸了吗？

120 李老夫妇：在孤独中，人的尊严也会丧失干净

131 王妈：六家轮流转，我不就成了个没有自己家的流浪猫了？

141 罗奶奶：如今的这个国度，还是我们那个产生过唐诗宋词的伟大国度吗？

150 吴婆婆：每次听到门上锁头咣当一声锁下的时候，我这心里就是一颤啊

158 杨奶奶：我可不就是像一只老候鸟一样，自己飞着回来了吗？

166 王姨夫妇：可是现实中，老年人再婚就是这么阻力重重

174 李大妈：怕哪天他也去跟花草说上话了

183 任兄：中国人到了老年，以"被人服务"为基本诉求

191 徐老：我在这世上太孤独

206 **写在最后：严重的时刻**

[写在前面]
—— 以孤独之名

我在这世上太孤独,但孤独得
还不够
使这钟点真实地变神圣。
我在这世上太渺小,但渺小得
还不够
成为你面前的某个事物,
黑暗而轻灵。
我需要我自由的意志,希望它能伴随
那条通向行动的道路;
我希望在所有的时间请求疑问,
那儿有些东西在上升,
成为那些知情者之一,
否则孤单而独立。
我渴望映现出你最丰富的完美,

绝不因盲目或者太苍老

以致无法举起你沉重摇晃的影像。

我应该打开。

我不希望停留在所有欺骗和歪曲之地；

因为在那我会变得不忠诚，不真实。

在你之前，我渴望自己的良心

能够真实，

期盼描述我自己就像我曾长时间观摩的

一幅画，它靠近我，

像一个我学习和领会过的新词，

像那每天的水壶，

像我母亲的脸，

还像一只船，它带着我孤单地

穿越那致命的风暴。

——题记：里尔克《我在这世上太孤独》

01

起初接受这个写作计划时，我一直拿不定主意。对于我国老龄化社会所面临的诸般问题，尽管早有耳闻，并且自己的家庭也有切身的体会，但严肃地以文字方式去触碰，却一直没有动过念头。首先，这个问题在我心里，隐隐地便可以感觉到其格外的芜杂和庞大，大到似乎难以靠一己之力去触摸；其次，这个问题所隐含的那种几乎不用说明的"悲剧性"气质，也令人内心不自觉地便予以了规避。这就像是死亡本身，尽管是我们永恒的困境，但谁都不愿主动地提前感受——就让它悬浮在我们头顶，只作为一个似乎与己无关的"伪命题"，一来二去，靠着这份规避的态度，仿佛就忘记了那种终极性的压迫。

最终促使我决定写这本书的动因，是一则在不经意中看到的新闻。

关于空巢老人的新闻，其实如今早已经满目皆是，**翻开报纸，打开网络，时不时会有这样的消息闪过**——老实说，充斥着的，大多都是些负面的消息。这些消息夹杂在铺天盖地的信息洪流中，几乎已经成为我们这个世界的常态，因为成了常态，所以多少便让人觉得麻木。人就是这样的奇怪，当某种常态时刻裹挟着我们的时候，因为司空见惯，倒仿佛是可以忽略不计的事情了。这就好比空气质量的糟糕，由于人人领受，由于无外如此和只能如此，于是作为个人，呼吸时反而不会觉得十分窒息。

这则新闻就是在这样的情绪下进入的我视野：

2013年三月中旬的一天，上午九时许，宜春120急救中心接到报警，称中心城区东风大街一名九十五岁老人在家割腕自杀，急需抢救。当赶到老人家中时，医务人员发现，老人平躺在床，面色苍白，昏睡不醒，床前的地面上一摊鲜血，老人左手腕伤口处流血不止，情况十分危急。医务人员给予紧急处理后，快速将老人送往医院接受进一步治疗。途中，家属说出了老人自杀的原因——可能由于年后一些亲人外出务工，身边的家人也忙于工作，在家陪伴老人的时间越来越少，疏于对老人的关心，老人心里充满孤独感，一时间无法承受，这才做出轻生的举动。

消息配发有照片。被救的老人躺卧在病榻之上，形容枯萎，但神情宁静，仿佛根本不曾有过酷烈的决绝，抑或肉体遭受的创伤，并不在他的意识之内——就是神形之间的这份落差，突然令我感到了震惊。

我在想，究竟是何等力量，能够让一个活到了九十五岁这般高龄的老人选择从容赴死？消息称，这位老人此番已是再度试图结束自己的生命，唯一的原因，只是因其独守空巢，害怕孤独而失去了生活的勇气。此中逻辑，似乎在我们的经验之内，又千真万确地超乎我们的想象之外。在我的经验和想象中，高龄老人往往对自己的生命怀有格外珍惜之情，这完全符合生命应有的逻辑——告别之际，便要格外留恋。而且，在我想来，人之暮年，大多会因为历经了太多的尘世悲喜，于是世事洞明、人情练达，对于生命，会有着更为宽阔与豁达的体认，由此，对于诸般痛苦便理所应当地有了更为强大的领受能力。

在我的心目中，九十五岁高龄的老人，几乎就是一位"神"了。

新闻中提及的"孤独感"，在我看来格外醒目，这是家属给出的老人赴死的最大动因。

那么，是什么样的孤独感，能让一位"神"对着自己的手腕割下了锋利的刀片，能让一位耄耋老者，毅然地选择了离开？

我要承认，正是这个意象令我决定走进这个写作计划，而这个意象的核心词，便是——孤独。

我从来以为，相对于物质力量对于我们的压迫，人类心灵上巨大的困境，更为强烈地作用在我们的生命中。肉体的病痛，物质的匮乏，乃至诸般天灾与人祸，这些似乎都是外力，有时候几乎是不可辩驳与无法转圜的；而心灵专属于我们，我永远在意的是，是什么，让我们的心灵都无法自已？如果说，空巢，衰老，对于我们还是未来之事，那么，孤独，此刻便潜藏在我们每个人的内心，它柔韧地蛰伏着，伺机荼毒我们的灵魂。

我想知道，随着我们年华老去，当肉体渐趋衰败的时刻，我们肉体中那颗内心里的孤独感，是因何反而逆向生长，越来越蓬勃，越来越庞大，直至茁壮到先于肉体的衰亡来熄灭我们生命的残烛？

我想了解这位暮年赴死的九十五岁高龄的老人，想了解他的子孙——作为生命的个体。并且想深入了解产生如此伤痛的我们这个老龄化时代的构成方式，了解事实真相——就像走进雾霾里，去化验糟糕空气中真实的化学分子，而不再仅仅是无动于衷地将之呼吸进肺里。

当然，网络上的这则新闻不是让我走进这个写作计划的唯一理由。孤独这一命题，早就是驱动我个人写作的基本动力。但它的确是一个导火索。那位老人安详的面容之下，就是惊心动魄的酷烈。他孱弱的躯体里，藏有骇人的力量，是这个力量，能让他举起那看似轻如鸿毛，实则重若千钧的薄薄的刀片。

以后不久，我就具体展开了访问空巢老人的行动。同时，我还做出了一个决定，那就是——我要利用假期，利用一切可能的时间段，带着自己的儿子一同来完成这样的任务。

儿子只有十三岁，正是颠顸无忧的年纪，但我知道，作为他的父亲，我自己终将会有那个概念意义上的九十五岁，关键的是，儿子他也终将会迎来自己的九十五岁。这算不得是未雨绸缪，令生命更加完整地呈现在儿子的眼前，是我愿意尝试着赋予他的教育。

于是，这些对于老人的访问，基本上是在2013年的暑假期间和大多数周末完成的。我们父子俩在这一年，走街串巷，深入乡间，频繁地共同聆听着一个个垂暮的故事：直接面对同意"聊聊"的空巢老人，倾听大约两个小时左右，把对话录在录音笔里。两个小时，当然只是平均数，也有用时一个上午或者更长的时候——因为孤独，老人们的诉说欲往往超乎我的想象。他们的诉说，大多数似乎与我们的采访目的没有太多直接的关联，但对于老人整体的生命存在状态而言，却都是弥足珍贵的呈现。老人们用自己漫无边际的诉说，为我们勾勒出着他们的一生，这样的生命，在个体中蕴含着整体，汇集成册，便足以折射我们这个时代的全貌，甚至，足以折射生命的本质。

然而写作毕竟需要有所提炼。回来后，采访录音首先由儿子负责处理。我给他的任务是——把明显与采访目的"不相关"的部分删减掉。这里面也许会有些风险，但我愿意相信，也对之抱有好奇，想看看在这样的工作中，什么内容会是一个孩子觉得与目的无关的。

不用说，对话大多相当冗长。而且，一如我们的日常交谈，大部分话题的跳跃性太大，老人们几乎不约而同地热衷于回忆自己的过去，相反，对于自己如今的境遇，他们反而有种近乎羞涩的矜重。这种落差，却让我对此番写作有了某种更进一步的着迷。人性的复杂与深邃，鲜活与生动，在一次次与老人们的"聊聊"中，一次次地被我感受着。

所幸，经过儿子初步整理后的录音，基本上符合我的需要，我认为，他的取舍，完全符合我写作这本书的那种"本质性"要求。

大部分内容我在写作中需要加以筛选，置换前后顺序，剔除重复的部分，调整段落，以"普通话"转述老人们过于生僻的方言，使之大体容易阅读，且长度均衡；少部分内容我刻意保留了老人的语境，为的只是更加忠实地还原当时的情景。

不过，在如此成稿的过程中，当时的个人"印象"和"记忆"往往尤为重要。听录音只是一个相对机械的方式。无论谈话细节拾取得多么认真，也无论录音反复听多少遍，若把握不住当时气氛的整体性，有时也会丢失对话的核心内容。这样一来，老人们的诉说势必失去力量，只成为一段段我们在新闻上看到的那种司空见惯的、犹如糟糕空气一般的讯息。所以，在静夜里，重新倾听对方讲述的时间里，我尽可能集中全副精力，唤醒当时的现场感，让老人们的每句话都从我的心里流淌而过。

采访当然也有被拒绝的。这本来就在我的估计之内，我将之视为这项工作有机的组成部分。面对老人们奇特的、有时几乎可被称为"乖僻"的性情，本身就是我要做的这项工作的基本内容之一。事实上，被拒绝的某些场景，如果记录下来，也很能够生动地反映出空巢老人的日常状态——对于这个世界果断地拒绝和粗暴地否定。但由于和整个计划的写作体例不相符合，这种情景大多只好忍痛割爱了。这种类似的舍弃，在整个采访过程中占了一大半的比重，但我并不觉得是做了无用功。相反，我甚至觉得，恰恰由于这些无用功的辅助，才使得我对空巢老人们的生活有了更为鲜活的体认。

这里容我打扰的空巢老人们，主要通过以下渠道找到：

一、通过朋友引荐。

二、自己的身边人。

三、随机走到某处，冒昧地上前与老人攀谈——十之八九，我们遇到的老人都是空巢老人。不信的话，你可以走上街头做个试验。

四、通过一位在养老院做院长的朋友介绍。这位朋友由于可以想见的便利，为我的工作提供了莫大的帮助。她的生活和老人们息息相关，进入养老院的老人们，之前绝大多数经历了自己的"空巢期"。同时，社区工作者也与养老院保持着密切的协作关系，因为其辖区的空巢老人们，正是养老机构潜在的服务对象，老人们人生的下一站，极有可能便是养老院了。作为空巢老人问题的解决手段之一,养老制度,亦是我写作这本书时必然会常常思考的问题。就此,院长朋友也给了我很多的启发,而且,她工作中所表现出的某些人格魅力,也让我在完成这部在某种意义上颇为伤感的悲凉之书时,感受到了人性的温暖。

如何向老人们介绍自己,起初颇令我为难。我很难跟老人们说明我是一个作家,在我看来,这似乎不是一个最利于我与老人们闲聊的身份。好在老人们往往有自己先入为主的判断,他们几乎大多数不由分说地将我视为"政府的人",其中最接近的判断,是将我当做了媒体的记者。对此,我基本上不予澄清,只要老人们愿意对我开口,我未尝不可以来扮演一位"政府的人"或者是一位"记者"。

但是,这种身份的混淆,在某些时刻又的确困扰了我,尤其当我不自觉地以"政府的人"自居时,聆听老人们的诉说乃至诉苦,就格外有了一份沉重;如果我下意识地将自己当做了一名"记者",那么,为老人们的境遇大声疾呼,差不多就会成为彼时心里强烈的愿望。

02

这个写作计划的完成,是我迄今最频繁地与数字相遇的一个写作过程。譬如:全国老龄委办公室公布的数据显示,截至 2011 年年底,中国六十岁及以上老年人口已达一点八五亿人,占总人口的

13.7%。[1] 到 2025 年，中国老年人口总数将超过三亿，2033 年超过四亿，平均每年增加一千万老年人口。

不消说，对于数字，我颇为抵触，尤其是这些用于数据的数字，动辄以千万计，所表示出的规模，由于太过庞大，反而似乎只具备了某种象征性的意义，降低了它所应有的那种有温度的力量。还有一类数字，是老人们的寿龄。老人们的年岁，作为数字本身，不过百岁，但此类数字我却愿意详加记录。因为，这些在自然数中不过一百的岁数，一旦置换为人的寿命，却都尽显其大。

老实说，在这样一个庞大的基数上，找到数十位老人进行采访，看起来并不是一件格外困难的事。根据世界卫生组织和我国卫生部的规定，六十岁以上，即可定义为老年人，如今我们的生活中，这样的老年人数以亿计，而且，他们中绝大多数处在"空巢"的境遇中。如此一来，搜集他们的素材应该不是什么难事。但事情做起来却没有我想象的那么轻而易举。

这是因为，囿于我们传统观念的约束，老人们陷于"空巢"生活，多多少少都会指向对于儿女们的隐性谴责。实际上，在采访过程中，老人们除了抱怨子女对自己的忽视，更多担心的是——我说的话不会被他们知道吧？不会给他们带来负面影响吧？于是，老人们便会积极地去为子女们进行辩解，仿佛自己如今的境遇，若能

---

[1] 编注：截至 2018 年年底，六十岁及以上老年人口达二点五亿，2018 年我国人均预期寿命为七十七岁。——《关于建立完善老年健康服务体系的指导意见》政策解读，来源：老龄健康司。

"不拖累"孩子，就已经是人生残年全部的正面价值了。个中滋味，我当然可以理解，但这种状况，有可能会令我采访到的内容有不少"伪饰"的成分，令我难以倾听到老人们真正的内心。

我甚至如此想象新闻报道中两度自杀的那位老人——他在日常生活中也许是安然沉默着的，平和地思念着儿女，独自忍受着莫大的孤独，或许对邻里们提及子女之时，还是一派夸赞之情，在世人的眼中，他是位福寿双至的老人。但是，他却向着自己的手腕举起了利刃。

因此，对于老人们的话语，我力图如实还原，但经过整理后的内容，一定又会有我的主观色彩。这样一来，对于自己的写作，我也不免担忧，我怕自己会误判了老人们真实的内心。

本书以"非虚构"的写作要求为基本宗旨，但在某些段落，的确掺杂了我的某些想象。这种想象，其一是为了在行文中保持某种逻辑的连贯性，其二也使我在面对这个题材时，更能感受到其独具的魅力。我认为，只要本着恳切的理解，我就不会背离"非虚构"的宗旨，用心去面对一个个活生生的老人，我们便无法出离上帝所给予的人类生命的边界。

由于自己的生活环境所限，还由于这个写作计划在时间上的要求，都决定了我难以走进更多的散落在广袤农村的空巢老人们。在这部书中，尽管在写作结构上，有一种城乡之间刻意为之的用笔的均衡，但我知道，书中农村空巢老人所占的比重与现实之中他们的规模极不相称。这不能不说是一个明显的失重和巨大的遗憾。因为农村的问题,从来就是我们这个国度诸般问题的重要的构成部分,甚至毋宁说是重中之重。在养老问题上,广大农民所面临的困境,其严峻程度,在整体上百倍于城市居民。对于垂暮之年的农村老人而言,丧失行动能力之后的生活,大多抱有几近听天由命的态度,他们没有一个所谓的"规划",千百年来,他们已经习惯将人之暮年交由那个更高的存在来决断了。

同样是来自一则新闻报道:

芦山地震中,一百零二岁的罗财发是转入华西医院首批二百零四名伤病员中年龄最大的。护士说,"从地震当晚被转院至今,还没任何亲人来看望过他。"面对记者,老人眼角泛起泪花,对记者说:"儿子在湖北打工,三十多年没联系了,我也不想麻烦他。"希望老人的儿子能看到这则新闻!

一百零二岁的老人,在外打工三十多年没有联系的儿子,这几乎可以看成是对我们这个时代概括性的描述之一。它是一个怎样的概念?其中的困苦甚至不需要太多的细节了解,我们依靠常识,便能够为之收紧自己的呼吸。

是不是可以这样说:农村空巢老人,作为一个群体,是我们这个国度所有弱势群体中最为弱势的一群?是我们这个国度发展模式中第一批承担起终极性代价的一群?

所以,我的访问未能更多走近这一群体,始终是我工作中的一个心结。

所幸,我的写作,将视角聚焦在空巢老人们的"孤独"上,而这种人性中深刻的情感，古今同慨，却是共通的。因为孤独，所以悲伤，因为孤独，所以叹息。还有，因为孤独，我们才倾诉与聆听。是的，这部书不会像"政府的人"那样给问题以某个解决的方案，这部书以孤独之名，只负责聆听与记录。

访问对象中以女性居多，这不是我刻意选择的结果，其中只反映出一个客观的事实，那就是：老年丧偶者，往往是女性多一些，先走的那一位，多是男性。而且，也许是我个人的推测——老年男性大概对这类打扰更加怀有抵触情绪。事实上，拒绝我们采访的，也的确都是些男性老人。这种现象颇为有趣，但已经是两性心理学研究的范畴。也许，女性寿命长于男性的奥秘之一，便在于她们更愿意言说。诉说如果成了人类延寿的奥秘之一，那么，空巢老人生活中的无以言说，便成了一个致命的匮乏。孤独，由此便更凸显了它有违人道的残忍。

作为一个整体，空巢老人的境遇大致相仿，几个规定性的指标便可以将其概括，但由于社会身份的不同，个体家庭的差异，又使得每位空巢老人的状态各不相同，因此，尽管空巢老人如今已蔚为大观，成为我们这个社会的主要现象之一，但找出能够均衡反映"空巢老人现象"的受访对象，却是极花时间极费思量的劳作。

我力图用不同的侧面，尽可能全面地呈现空巢老人们所面临的困境，并且并不讳言由于困境的逼迫，部分老年人会成为社会秩序的扰乱者。但这个愿望无疑是难以悉数抵达的。我期望，这部书的读者们，能够从这数十位作为个体的老人的生命中，体味出某种更为辽阔的人类普世的况味。

这里所需要依赖的，只有每一个阅读者自己内心的情感了。

03

在技术上，鉴于保护老人们隐私的需要，我都做了相应的处理。我可以保证，在读者眼里，每一个老人都更接近于"书中的老人"。但对于我个人，他们却都是活生生的现实之中的长辈。有些老人，尽管我们之间只有区区几个小时的交谈，但他们提供出的密集的、带着体温的生命信息，却不啻是向我这个倾听者交付了一生的秘密，由此，珍惜并且敬重老人们这样的交付，对于我就是一种必要的心情。我想，没有这样的一种心情，这个写作计划的全部意义也将完全丧失。

所以，整理好访谈稿后，在条件许可的情况下，我会尽可能回访一下老人，读给他们听，请老人确认。有趣的事情发生了，对于将其匿名，部分老人认可，个别老人强烈反对——干吗把我说成是另一个人？我就是我嘛！最有趣的则是，有位老人疑惑地反问我——你这写的是谁？我想认识她，她这一辈子简直和我活得一模一样呀！这其中的往复，都令我对人之暮年更多了一些难以说是唏嘘还是欣然的感受。

而且，请老人确认成稿后的记录是否能够过关时，若有老人们情绪抵触的记录部分，我就请其告知是希望删除还是设法更改。差不多所有的老人都希望删除——他们拒绝更改自己的人生，哪怕将其匿名化。事实上，删除的部分往往却含有老人们最鲜活的生命轨迹，作为小说家，我个人当然是相当遗憾。但除了删除后使得前后不连贯的情况随之发生的文本之外，我都遵嘱照做了。难以落实的时候，我改换另外的笔墨，以求在语气上可以被老人接受。

如果删除较多，造成新的比较大的调整，出于难以说明的动机，我会再去请老人确认。当然，"确认"之情，往往只藏在我的心里，这类似某种强迫症，老人们并不知道我这种微妙的愿望。若老人仍有不同的意见，只要时间允许，我便按同样的顺序重复一遍。其中一个访谈如此重复了数次。这种工作方法，由于可被理解的原因，却只能限于对城市空巢老人访问的那一部分。

这部书在我的写作中由此成为一个特例。在某种程度上讲，它不是一本我写给无数未知读者的书，它几乎就是我和这数十位受访老人之间私密的对话，他们中的大多数不会阅读到付梓后的这本书，但这本书的真正作者，却只能是他们。

这是我写作时的态度——在触碰一个宏观现象的同时，我在领受老人们个体心灵的交付。为此，我才不惜顽固地、甚或说是颇为享受地再三推敲。

这种态度给这个工作增添了难度。成稿后两位老人拒绝公开发表——哪怕是以匿名的方式。老实说，舍弃已经完成的稿件，感觉上有断臂之痛。但既然老人说不，那么只能放弃。我自始至终想在这部书中坚持恳切与顺服，就像一个晚辈在长辈面前应有的那种态度，否则干这件事情的意义对我便会大打折扣。

这部书因孤独之名，所以我只能尊重每一个老人孤独的选择。

我力图收在这部书里的，完全是老人们本人自发的、积极的表述。不做过多的文字润色，不做诱导，不做勉强。对于我写作能力的考验，在这次工作中只集中于一点——如何才能原封不动地采用老人的话语并且做到使其容易阅读。

04

访问时，我最先需要了解的是老人们的基本人生背景：今年高寿几何，曾经做过什么职业，如今的身体状况，家中子女在哪里高就等等。在老人的个人背景上如此花时间和占如此大的比重，是因为想让"空巢老人"在我这里成为每一个具体而微的个人，而不愿意让我面前每位活生生的老人变成"空巢老人"这样一个泛指。这可能是一个小说家的天性在作祟，而另一方面，我对空泛的"整体"无法驾驭也难以感兴趣，只对每一个具体的、不能替换的"个人"怀有敬意。

在这个意义上，很多时候，我都会忘记了坐在我对面的，是一位"空巢老人"。面对老人，我只在有限的时间内，尽可能竭尽全力去深入具体地理解对方是个怎样的老人，并力图以其本来面目记录下来。

我想我采取的这个态度，或许对于完成这部书稿也是有益的。

因为"空巢老人"这个概念，作为一个重要的社会学意义上的存在，已经被我们广为知晓，而作为具体的"空巢老人"，他们的形象却因为屡见不鲜而显得轮廓模糊。在我面前出现的这些老人，如果不是因为这样的采访，连我都会将他们混淆在大而无当的概念里，认为他们就只是、也只是生活的本身而已，他们仿佛仅仅只被赋予概念的意味，我们极少能够有机会、甚或有耐心，侧耳倾听他们独特的声音。要知道，通过媒体，他们大体也是被同一种叙述范式所描述的。

听完老人们的个人信息后，转入他们当下的"空巢"生活。

无疑，老人们都是艰难的，这是自然规律使然，尽管程度各有不同。但我却必须将他们一一分别，让他们成为唯一的那一个空巢老人。在我眼里，让每一个人成为他们自己的，无一例外，都事关"孤独"。是"孤独"这样的存在，令人之个体彰显了自己的与众不同。相较于肉体衰败这样的自然规律，孤独，就显得格外沉痛。因为前者不可逆，所以我们面对起来反而易于接受，而所谓孤独，似乎是一个可以人为调剂的情绪——尽管人之孤独，亦是不可辩驳的生命本质——所以强加于己的时候，才如此令人神伤。

对于孤独感的存在，老人们的表现也各不相同。有几位生活条件不错、个性也颇为外向乐观的老人，如果不加分辨，从他们的话语中你几乎难以捕捉到孤独的阴影，但作为一个亲临现场的倾听者，我却能够从他们瞬间的语气或者神情中，感受到那无所不在的忧伤。

我认为这不是我的个人猜度。

在这个写作计划整个的执行过程中,一首里尔克的诗始终萦绕在我耳畔——

我在这世上太孤独,但孤独得

还不够

使这钟点真实地变神圣。

……

是的,我在这世上太孤独。

—— 乡间 ——

[老原]
—— 我现在五分钟能走完的路，就用十分钟走

老原夫妇的家在陇中山区。老原今年七十二岁，老伴六十八岁。

陇中地处黄土高原中央，属于周秦故地，关陇咽喉。这里自古胡汉杂居，历史地域文化特色十分鲜明。"陇中"一词，最早出现在清末，名臣左宗棠1876年给光绪皇帝的奏章中，有所谓"陇中苦瘠甲于天下"之称。而这个"苦瘠甲于天下"，便充分地指认了老原一家的故土。由于严酷的自然环境，这里文化变迁的步伐显得相对迟缓，以至于有许多民间习俗至今还保留得相对完整。

和大多数中国农民不同，老原在他这个年龄段的老人中，鲜见地只有一个儿子。对此，按老原的表述是：他有觉悟，比村里的人更早落实国家政策。但是老原的老伴不同意，喃喃地说：还是多生几个好嘛。老原看一眼插话的老伴，没有反驳，看得出是咽下了后面的话。

采访时老原夫妇正在晾晒家里自种的药材。这批党参已经晾晒

过一次，夜里收回用手揉搓后，需要再次晒在太阳下，如此操作，需要三四次。种植党参是这一带重要的农活之一，这些年药材的行情不错，乡亲们的收入都有所提高。

按照村里人的看法，老原夫妇的处境是"红火"的，甚至是大家羡慕的对象。因为老原的儿子在城里不是一般的打工者，是位"吃皇粮的"。

所谓"吃皇粮"，其实是乡亲们的判断，老原说：他们不懂，跟他们说过多少回了，他们还是不懂。啥是个吃皇粮的？吃皇粮的应该是国家干部，就是公务员，可我儿子不是。我儿子在事业单位工作，现在也转成企业了。

老原的儿子大学学的是中文，毕业后留在一家出版社。这几年出版机构改革，出版社转成了企业。所以，在老原看来，即使儿子已经做了出版社的副总编辑，也算不上是一个"吃皇粮"的人了。

至于"吃皇粮"好不好？老原斩钉截铁地回答：当然好！

我身子骨还算硬朗，你别看农村生活条件差，像我这个岁数的，真不算高龄。村里的老一辈人，一辈子缺吃少穿，吃够了苦，受够了罪，可是命反而特别硬。这就是老天爷给人开的一个玩笑，让谁都别想占便宜。我去城里儿子家，他们领导来看我，我瞅那岁数，看起来跟我差不多大小嘛！人家当然比我白净，可是我头发还没白完，他的倒白完了，跟我坐了一会儿，站起来的时候得用手撑一把腰。为啥？不撑站不起来了嘛。

我现在还种几亩药材呢，种的是党参。我们这儿的党参是从山西引种的，青出于蓝胜于蓝，到了我们这儿，自成一品，又名白条党，习称"陇党"，那可是甘肃精品。以前我儿子在城里办事，都是从家里拿党参送人，这几年送得少了，也不知道是不是城里人送礼送得更金贵了，还是我儿子现在求人求得少了。儿子是个读书人，脸皮薄，送个党参，可以说是自家的土产，这样不会显得太难为情吧。

还好儿子离我们不是很远，就在省城。不像村里有些人的娃，远的都有在海南岛的，他们倒是生得多，可生下来离自己十万八千里，有什么用？就是落了个儿多的名声。但这个名声又不能当饭吃，你以为是叫了个"陇党"，就成甘肃精品了？

我儿子每年都回来几次，有时候帮着干地里的活儿，干完了扯张席子铺在房顶，像小时候一样，说是枕着风看着星星，心里美着呢。还说，回来干活头两天受不了，可是干两天后，身体就觉得过了瘾，比什么锻炼都强。

我的身体也不是一点儿病没有。前年夏天，突然发了次病，人好好的昏倒在自家院子里了，人事不省。好在老伴儿在身边，一边手忙脚乱地给我胡乱掐人中，一边大声喊邻居帮忙。邻居家的小子骑着摩托车请来了村里的赤脚医生，打了一针我才缓过劲来。儿子连夜赶回来了，黑着个脸，怎么说都要我去县里的医院检查。我说不用去医院，我自己都知道怎么医治自己。能昏倒在院子里，就是上了年纪体质虚弱，气血不足。你看我是不是面色有些萎黄？这就是脾胃气虚,我烟抽得凶,肺气不足,咳嗽气促,这些毛病,古方用人参调养,现在呢,用的就是党参!你说我一个种党参的,这不是正好吗?我现在就天天喝用党参泡的酒。管用吗?反正再没昏倒过。

我和老伴儿也去城里儿子家住过。说实话,住不惯。房子倒是大,有一百多平方米吧,也分个上下楼,梯子在屋里头,听儿子说值上百万了。上百万,这在过去哪儿敢想。当年我靠那一亩三分地刨食,把他送进大学,可没想过会弄出个百万富翁。当然,在城里他那也不算个啥。国家真是变了,现如今在城里有套房子,就算个百万富翁,你说那咱们国家是不是在世界上百万富翁最多了?

我在城里住不惯。地里的活儿扔不下,跟儿子一家住着到底也是别扭。总感觉那是人家的家。儿子当然是自己的,可是我就是觉得儿子的家像是外人的家。你说也是怪,如果儿子就在村里,那可能我住他家也不觉得有啥,可他在城里,我去住了,就觉得生分得很。主要还是不习惯城里吧,一进城,就觉得自己是个乡下人,是个农民,一进城,住儿子家都像是住在外人家了。

老伴儿去城里比我多。才有孙子的时候,她去城里拉过孙子。还有,她还去城里帮着照顾过我们亲家。亲家比我岁数大,老伴儿死得早,一辈子没学会个做饭,前几年摔断了腿,住院的时候正好我们也在城里。娃们没时间,我老伴儿就去医院给送了几次饭。没想到出院后行动不方便,一时又找不到个保姆,结果就让我老伴儿顶上了。

不是我封建,也不是我心眼小,你说我们俩亲家,你成孤老头了,我老伴儿去伺候你,这事情是不是怪得很嘛?老伴儿天天去给亲家做饭,儿子和他老丈人家住得远,一来二去,我老伴儿得弄一天。起初我只能天天陪着去,可时间长了,心里到底是颇烦。但又没法说,说出来丢人得很,好像还成了吃醋。最后我干脆说我得回村里了。这也是个实情,地里的活儿得人干。我回了,老伴儿当然得跟着我回,难不成我回了她留在城里伺候人?可媳妇为这事儿就不高兴了。她也不说,但我知道她心里不高兴。

我老伴儿面软,亲家的处境的确困难,在城里找个合适的保姆,现在的确难得很。她也怕难为了我儿子,就说让我先回,她在城里再呆些日子。

我听了一下没话说,又不能说你们两个老家伙干脆凑一起过算了,这话说不出口,说了谁脸上都挂不住。可是道理就是这么个道理嘛!我一赌气就自己先回来了。回来后村里人问老伴儿呢?我还不能实话实说,不能跟人说老伴儿伺候亲家呢,只能说老伴儿在城里拉孙子呢。我这么说可不是想占亲家的便宜,我只能这么说嘛。

还好这事儿几个月就过去了,儿媳妇最后还是给他爹找了个保姆。可能她也觉得这事儿不该是这么个弄法。老伴儿回来后,在自己包里发现四千块钱。我打电话问儿子这钱是咋回事,儿子也不知道。后来回来跟我说,那钱是他媳妇偷偷塞的,说是按照城里保姆的费用算了下账,不能亏了她婆婆。这可把我气坏了,这不是打人脸吗?弄了半天,真把她婆婆当保姆了!我要儿子把钱还回去,儿子死活劝我，让我把钱收下，息事宁人。不怕你笑话，我这儿子是有些怕他媳妇的。人家是城里人，当年成亲，就有些委屈了人家的意思。人家当年这一委屈，就该我儿子用一辈子委屈还了。你别看我儿子现在是什么副总编辑，可是在他媳妇面前，还是个受气的。城里人跟农村人，就是这么隔。

这种情况，你说我还会喜欢去城里和儿子住吗？尤其前几年，我和老伴儿身体都还好，我们就更没有这个心思。

去年秋天，我老伴儿正高高兴兴帮着村里人操持婚礼，好端端的，突然面瘫，不会正常说话了。那家人的喜事都让搅和了，从县城叫了救护车，一路送进了医院。我当时腿都软了。病在我身上我不怕，病在我老伴儿身上我就怕了。也是从这一回，我开始想我们老两口动不了的时候该咋办了。

咋办？我也没想出个办法。

这事看得出，也是我儿子的一块心病。有一回他跟我商量，说我跟他妈动不了了，他就把我们接到城里去。接到城里，也不是跟他们住，他把我们送到养老院去。我听了这话没恼，我能理解我儿子的苦处。不把我们送到养老院，他还能有啥办法呢？他能想到这些，已经是孝顺了。可我们能去住城里的养老院吗？其他不说，花得那个钱我们就受不了！在儿子家住的时候，我和他们小区的老头们聊过，知道现在住养老院，一个人就得几千块钱，那我跟我老伴都住进去，两个几千块，我儿子吃得消吗？这不是要逼着我儿子贪污受贿嘛！

我儿子是有些权力，但我不能给他当包袱。以前村里老李家的孙女大学毕业，想进我儿子所在的出版社，让我帮忙去说，我思前想后，都没给我儿子开这个口。

再说，村里比我们难的人家还有。前些天，来了几个大学生，给村上几个老头的手腕上戴了黄手环，上面写了他们的名字和地址，说是他们走丢的时候可以帮着找回来。这几个老汉都是老年痴呆症。① 可是找回来又咋样呢？家里基本上都没晚辈，今天找回来，明天可能又走丢了。这样的事不是没发生过。村里的老人不见了，大家以为是去城里儿女家了，直到儿女回来，才发现原来人不知道走哪儿去了，有的这一走就再没回来，指不定死在哪个山旮旯里了。

以后的事情现在没法想了。想了也是白想。我突然昏倒，我老伴突然面瘫，这都不是提前能想到的。提前能想出办法的，也就都不是事了。

事情来了再说吧。

可是自从老伴儿面瘫后，我的心里就有些没着落了。我兄弟住得离我不远，他的两个儿子也都进城上班了，老伴儿也没了。有一段时间，只有我们兄弟俩守着各自的家，我俩笑称是在相依为命，一个人出去了，必定会给另一个人交代一声，互相帮忙看着门。我跟我兄弟商量了一下，我俩，加上我老伴，我们仨，最后谁能动，谁就帮衬另两个，要是都不能动了，就合起来一起住，请一个人来

---

① 编注：即阿尔茨海默病。

伺候。一个人请也是请，三个人请也是请，三个人用一个人，负担就轻了。

可是说句心里话，我可担心，万一哪天我们这些老家伙真的出点事儿，仰面朝天撂倒了，娃们连知道都不知道……

——除了地里的活儿，您平常都干些啥？

没啥可干的。我识字，县里面给村里建了"农家书屋"，里面很多书都是我儿子他们出版社捐助的。之前为了带个头，我闲了总要去看看书，装个样子，可是后来就我一个人看，村里干脆不开书屋的门了，只在领导来的时候打开门做做样子。

现在我没事就去村头看看远处。你说这眼睛里看到的，其实几十年没啥变化，山还是那个山，云还是那个云，为啥现在我越看心里越有些难过？是不是人老了，怕死了？其实我不怕死，就是觉得人这一辈子不容易，年轻的时候不懂，越老就越懂了。每天去村头，都是我家大黑狗陪着我。回来的时候，我就包一包松针土带回来。儿子在城里养花，说这土肥。你看我院子里，土都堆成个包了，我也知道儿子养花用不了这么多土，可我还是愿意往回弄。我也就能给儿子干个这事了。

老伴儿年轻的时候我俩话就不多，现在就更少了。其实前几年她都有点儿爱跟我说话了，可这又面瘫了。她面瘫留下后遗症了，现在过些日子就得去县里的医院针灸。上次我陪她去，当天没急着赶回来，我领她去县里的宾馆住了一夜。我想让她开开洋荤，她一辈子，比我还苦。回来的时候，我俩把宾馆的牙刷梳子都带上了，当时还有些害怕，害怕人家不让拿哩。现在知道了，儿子跟我们说的，这些东西可以随便带走，本就是我们出下钱的。

我现在五分钟能走完的路，就用十分钟走。身子骨硬朗归硬朗，可我怕自己万一跌倒了，跌出个毛病，这可就给儿子添麻烦了！就是说我现在活得仔细了，一仔细，就啥都不干了，少干少出事。

对了，以前我能吼几嗓子秦腔，耍两下把式呢。

[韩婆婆]
—— 我现在就求菩萨让我还能动个十年

韩婆婆的家距离县城不远。韩婆婆今年七十六岁,老伴儿三年前去世。

韩婆婆不姓韩,但她愿意让人们随夫姓喊她。韩家有四个儿子,在农村,一度,这似乎是件令韩婆婆骄傲的事。但这件骄傲的事,如今却是韩婆婆的苦恼。四个儿子都在外打工,老大也是五十多岁的人了,却依然在城里的一家物业公司做水暖工。于是,四个儿子为韩家生下的五个孙子,都需要韩婆婆拉扯大。大孙子已经结婚了,如今也在省城打工。二孙子前年去了南方。现在,韩婆婆的跟前,还有三个十来岁的孙子。

几年前韩婆婆中风,我们见到她的时候,她的一条胳膊已经瘫痪。她现在就用一条胳膊继续拉扯着韩家的子孙们。

农活早就不干了,家里的地转包给同村的人。但韩婆婆说她有事没事还是愿意到地里转一圈,看着地里的庄稼长势好,她就跟着高兴,看到长势不好,她也跟着着急 —— 究竟是自家地里长出来的，好像还是跟自己连着心。

也许是不务农活已久，韩婆婆的家里少了些农家特有的味道，加上子女们从城市带回来的一些摆设，透露出的感觉，更像一个普通城里人家的模样。但毕竟还是村里人家，屋里摆着的几张塑料椅子，看上去并不怎么协调。

采访时，韩婆婆穿着一件红色的毛衣，看款式，应该是年轻女性的，果然，韩婆婆说是小儿媳妇穿剩下的。

四个儿子现在每月一人给我一百块钱。四百块钱听起来多得很，可是现在养我们祖孙四个，根本不够开销的。主要是孙子们花钱，我一个老婆子，花不了什么钱。以前哪想过四百块钱都不够养活一家人的？养活全村人都差不多呢。世道变了嘛。以前都愿意养儿子，可今天你看，养儿子只落了个名声，我要是养四个闺女会是这样吗？村里现在过得滋润的，反倒是养了闺女的人家。

我这也不是后悔，没啥后悔的，就是说这么个事儿。世道再变，心里头早年落下的理儿也改不了。你看我家这一院子房，其实是当年给小儿子娶媳妇时候盖的，如今他们小两口也走了，也不住，可我还是住在偏房里。这间偏房当时就是为我们老两口盖的，我们住。你说现在为啥我还住在偏房？就是儿子不住正房了，也让孙子们住——就是这么个老思想，好的都留给娃们，我们老辈人，就是个吃苦的命。

你到村里看看去，吃饭吃得最差的是老辈人，穿衣服穿得最破的是老辈人，住屋子住得最差的，也是老辈人。我身上这红衣服？这是老小媳妇穿剩下的。我倒不嫌弃，好着呢，就是颜色扎眼，老了老了穿了个红的。年前小儿子两口回来过年，我跟他媳妇说娃要上学，让每年再多给一百块，她倒是答应了，可临走也没提这茬，把这件衣服给我了。我心想可能她是用这件衣服顶那一百块钱了吧。我这媳妇精得很，她跟我说了，这件衣服她三百多块买的呢。

我现在拉扯三个孙子，也还拉扯得动。农村人嘛，没有那么金贵。前些天大孙子的媳妇也怀孕了，他们没说，可我知道生下来也得给我抱回来。像我这样的，村里多得是。我们村不到一千口人，三百多口年轻娃们都在外头打工，村里留下的，不是老的就是小的，好像人口平均年龄有五十多岁——这是村委会开会时候我听来的。

我们村主任还是妇联主任，她在会上说，她现在每天的工作就是围着我们老人转。她说是这么说，可我也没见她绕着我转过。或许是我家情况还可以，还用不着太劳烦村里。

比我难的老辈人是不少。村里才建了养老院，你去看一下，那里面住的可都是可怜人呢，十几个，不是病就是瘫，还有就是脑子糊涂了的，都是自己根本顾不了自己的。村里找了几个媳妇照料他们，说进城当保姆也是伺候人，不如留在家里伺候自己村上的老人。话是这么说，几个媳妇其实心都不在这儿，就算都是伺候人，可在城里当保姆挣多少？在村里挣多少？村里说明年开始，争取给每个七十岁以上的老人每年发一百块，让老人用这一百块"买服务"，心是个好心，可一百块能买啥服务？当然，村里也难，能发钱已经不容易了，是好事。

以前小儿媳妇没进城，现在就在城里给人当保姆。挣多少我不知道，但肯定不是一百块吧？中间她回来过一次，说是受气得很，不想干了，可是主家又是电话又是来人，好说歹说又把她请回去了。现在城里找个保姆难着呢，得花大价钱！

小儿媳妇在家当然能帮衬我点儿，可世道变了，以前村里的媳妇是啥样？现在村里的媳妇是啥样？以前村里老人可有地位，你当媳妇的，想不孝也很难。但是现在村里都是娃们厉害，儿子出去打工，媳妇留在家里，就好像是欠了媳妇的，过去是媳妇怕婆婆，现在是婆婆怕媳妇。儿媳妇在家，活我一件不少干，但好像就成了是人家在伺候我，我成了人家的拖累。小儿媳妇在家的时候就跟几家媳妇说过，说她养老的养小的，要几家多给钱。不怕你笑话，为这事几家还闹仗。

所以她走了倒也好。现在我每天给孙子们洗衣服、做饭，侍弄他们上学。一条胳膊瘫了后，衣服不好洗了，大儿子回来的时候给我拉来了一台洗衣机。再怎么累，也是给自家累，拉扯的都是自家的孙子吧。怎么说，现在也是娃们在养活我，万一娃们不孝，我动不了的时候，可不是也得住到村里的养老院去？

我现在最怕自己再犯病。上次中风就瘫了条胳膊……

大儿子说，他再在城里干几年就回来。那时候可能就好了。许是他现在年纪也大了，知道活人的不易了，我觉得我们娘俩倒能说到一块儿。我这大儿子算是孝顺的，我胳膊瘫了，就他能想到他娘没法洗衣服了，买了台洗衣机给我。所以我乐意给他拉孙子，等他孙子生下来，我就是有重孙子的人了。所以我现在不能再犯病了，再瘫一条胳膊的话，韩家这一堆后人，可靠谁拉扯嘛。

儿子们也知道这个理儿。我中风住院的时候，家里就乱套了，几个娃没人管嘛。所以住院费新农合报销了一部分，其他部分他们分摊，谁也没有多说啥话。现在国家政策还是好嘛，生病不害怕看不起了，害怕的是这一病，一个家就要乱套。

所以说老辈人还是重要得很，吃得不多，用得不多，但是一个家就是少不了老辈人。

你想，现在的娃们，你看他们都在城里打工，看起来都比在农村日子过得好，可是他们也有娃呀，他们要是拉扯娃，就没法在城里干了。所以我跟大儿子说，等他回来了，韩家的重孙子们就该轮到他来拉扯了。这就是个没边儿的话，我也知道，我就是说道说道。我可以给他们四个拉扯娃，他们就未必也给韩家拉扯后人了。韩家在我眼里是一个家，在他们弟兄眼里，就是四个家了，到底是分成四摊子了嘛。

可是我还是想认这个理儿，一笔写不出两个韩，更别说四个了。韩家到现在也没分家。当年小儿子娶媳妇，新房是四个弟兄一起掏钱盖的，说好了先让小儿子住着，可房子是哥儿四个的。所以我有个念想，我想老大要是回来，能像个老大的样子，愿意替我继续拉扯韩家的骨血，这样，韩家就散不了。

这可不就是一辈接一辈嘛。老了，就回来，就拉孙子，把孙子拉大，送到城里打工，再老了，再回来。人都有老的时候，老了就该伺候孙子。

我也知道人总有老得干不动的那一天。我现在就求菩萨让我还能动个十年。十年后我这几个孙子也都二十几了，他们也都可以进城去刨食了。他们说到时候他们养我。这话靠是靠不住，可我爱听嘛。儿子们今天养我，是因为我还可以带孙子，等我啥也干不了了，坐吃等死，孙子们还养我干啥？

这都是后话了，真到了那一天，会是个啥样子，其实我也不敢想……

——您信菩萨？

信呢，总是要信个啥嘛。现在初一十五我就去庙里烧个香。村里才盖了座庙，是出去发达了的人回来捐钱盖的。这可是个大善事。村里现在老人这么多，人老了，就都有个敬佛的心，给老人盖个庙，老辈人就有个念想了。

而且我觉得信菩萨总归是个好事，这不是封建迷信。你看，在村里养老院干的那几个媳妇，就都信佛，你说她们要是不信佛，干啥不去城里给人当保姆挣大钱？干啥愿意留在村里也是干同样的活？所以信佛是个好事，能让人干善事。村里也知道这个理儿，所以才批地让盖庙嘛，这不是封建迷信。

你说怪不怪，自打村里这庙盖起来后，我就经常梦见我家老伴儿了。有时候这梦真得很！有一回我在梦里跟他说话，那情景就像真的一样，就是在我家，可那是过去那会儿，是家里新房还没盖起来的时候，我俩就在院子里说话，他喊我吃药，问我阿司匹林吃了没。阿司匹林！你听听，这药名我醒着的时候都不大能记得清，可是在梦里他倒能说得一清二楚的！而且，这药是我中风之后才吃的，他活着的时候压根不知道这种洋药名。

这就是菩萨在托梦呢，菩萨慈悲嘛，知道我没个人说话，也知道他在那边儿记挂我，所以就让他在梦里喊我吃药……

我是想我老伴儿。越老越想了。他这人倔，一辈子跟我都话不多，可是你看，他在那边儿还惦记我吃药，知道我忙起来就忘了。他要能活着当然好，哪怕瘫在床上动不了，哪怕我用一条胳膊再多伺候一个老的。有他在我的心就踏实，娃们可能也会更听话。他厉害，从小四个儿子就没人敢顶撞他，就连几个媳妇，在他跟前也不敢顶嘴，低眉顺眼的，他就是躺着不能动了，也还是韩家的家长。

最关键的是，他要是能活着，我就连自己动不了也都不怕了。我想我俩一起动不了，也是个伴儿嘛。

除了初一十五去庙里上香，现在我晚上闲下来也要念几句佛。我觉得念佛就是跟老伴儿说话，我俩通过佛给传话，就都互相听得见了。

[原大妈]
—— 要说我已经习惯寡妇的日子了,也不都是真话

原大妈今年六十八岁。用村子里人说的话:原大妈可不是个简单人。

见到原大妈的时候,她刚回村子不久。此前她在城里待了十二年,给城里人做保姆。

原大妈三十多岁守寡,自己拉扯大了一个有些智障的儿子。儿子今年也是快五十岁的人了,如今在城里的一家公司打工,并且还在去年娶上了媳妇。这家公司的老板,其实就是原大妈在城里服务的那户人家的男主人。一个守寡的妇道人家,硬是把一个智障的儿子送进了城里,找到了工作,安了家,在村里人眼中,这也许就是原大妈的"不简单"之处吧。

说到原大妈当初进城做保姆的原委,还颇为传奇。那户人家姓王,王先生做生意,四十多岁才有了一个宝贝女儿,孩子生下后,委托朋友帮忙在农村找一个可靠些的保姆。这位朋友就和原大妈是一个村的,起初人家也没想到原大妈,认为她儿子智障,根本离不

开她,她又总不能带着傻儿子到城里做保姆吧。这时候原大妈的"不简单"就表现出来了。原大妈很敏锐地把这当成了一个机会,她这么算了笔账:自己做保姆赚的钱,用其中的一半,付给村里的邻居,让他们代为照顾自己的儿子,这样一来,既养活了儿子,又多了条活路。

岂止是多了条活路?原大妈以自己的"不简单",盘活了她那个家的一潭死水。

在城里做保姆,原大妈靠着她的勤劳和机敏,数年下来,完全取得了东家的信任,很好地融进了王先生的家庭生活。王先生一家渐渐已经不将原大妈视为保姆了,家里那个被原大妈带大的小姑娘,一口一个"大妈"地叫她。

按理说,原大妈几乎可以在城里立住脚了。王先生表示过,即便有一天,原大妈干不动了,他也会负责原大妈的养老。但原大妈的"不简单"还体现在自尊上。去年王先生的夫人带着女儿去了新西兰,王大妈便认为自己就此失去了继续呆在王家的理由。她坚持要回农村。王先生苦留不住,这才有了给原大妈的儿子在城里找份工作的意思。尽管原大妈的儿子病得不是很严重,表面上只是看起来有些木讷,但王先生安排他进了自己的公司,做保安,其实里面照顾的意思已经很明显了。

这些经历,都让原大妈看起来的确有些与众不同,无论穿着、言谈,原大妈都像是一个见过世面的老人。见面的时候,原大妈穿着件灰色的西装,花白的头发一丝不苟地绾在脑后,见我带着儿子，便拿出自己的智能手机让我儿子玩游戏。

　　村里人都说我能干，其实我是遇到了好人。当初去城里做保姆，我也没想到会遇到这么好的一户人家。都说为富不仁，我看不见得，好人还是有的。王先生就是个好人，而且人家那才真的算是富人，几个亿总有了的，这就是世道，真有钱的不咋呼，咋咋呼呼的，多半都不是真有钱的。当然，遇见好人，咱自己也得是个好人，好人遇见好人，俩好才能合成一好，事情就才能圆满了，对吧？

　　我在王家做事，是当给自己家做事一样。起初是拉扯小姑娘，后来其他家务也做。大户人家不在乎财物，可是家里让我操持，我就不能大手大脚地不惜财物。而且我学什么也快，王先生注意饮食健康，我就弄了张食物健康搭配表贴在厨房里照着做，那张表是小区门口药店免费发的，有图片，花花绿绿好看得很，尽管我不识字，可是我能看懂图片嘛，菠菜猪肝、土豆牛肉，我总认得，我就照着做。

　　其实说老实话，这些年下来，城里我已经生活惯了，一下子回来，是很不适应。你看我这个家，是刚刚收拾过的，门窗、家居都换了，墙也重坯了腻子，重刷了涂料，要不根本没办法住。不是我变金贵了，是农村人的日子实在不卫生。现在年纪大了，更应该注意健康了。

　　要说我也能留在城里，就算不住在王先生家，我租一间房子也能住，或者干脆我可以再找一户人家去做保姆。你别看我快七十岁的人了，但城里人都看不出我的岁数，觉得我还利索。但我为啥还是一定要回来？一呢，人到底是要叶落归根，城里再好，可我没忘了自己是个乡下人。二呢，在城里另找户人家，我觉得于理不通，好像自己是个没心肺的，这家走了就去哪家，这么做，我觉得对不起王先生一家。三呢，就算人家王先生一定要让我留下，可那明摆着就是受人家的恩惠嘛，以前小姑娘在，一大家子人是得有个保姆，现在一家三口走了两口，我再留着，完全就是个摆设了。现在那个家根本没必要用保姆。王先生说，即便我走了，他也还得再请一个保姆，可我跟他说，再别花那个冤枉钱，谁的钱都不是弹弓叉子打下来的。

农村也有农村的好处，空气好，吃得新鲜，各种花销也比城里少得多。我不瞒你，这些年我攒了些钱，没村里人传的那么多，但也够我养老了。我是这么想的，等我走不动了，我就在村里请谁家的媳妇来照料我。一样是花钱雇人，在农村跟在城里哪会是一个价？

你可能知道的，现在城里请个保姆有多难。家家都有两件最头痛的事，一件为了小的，一件为了老的，这两件事，说白了，都靠保姆解决了。现在城里人家，要是有个不能自理的老人，那可真就是天大的难处了。在城里时，我和小区里的几个老姊妹、小媳妇常聊天，她们都是做保姆的，有几个就是伺候老人，你猜猜，一个月要多少钱？三千，这还是少的。你说城里老人退休金才有几个呀？

碰上这事，如果子女挣得不多，那可就真是难心事了。

王先生家也有老人，他父亲，老干部，在床上瘫痪十几年了，可人家的子女有出息，弟兄姊妹几个一商量，干脆让一个妹妹不工作了，全职在家伺候老人，其他兄弟姊妹出钱，给这个妹妹买了房买了车。这也就是这样的人家，换了别人家，哪有这么好的办法？有的倒是请得起保姆了，可是话说回来，人心隔肚皮，也不能怪城里人现在对保姆有意见，保姆现在的确毛病是多，一个看一个的样子，嫌钱少，嫌活累，偷奸耍滑，尤其照顾老人的，趁着家里没人，变着法的亏待老人，这就难怪城里人不放心你。所以很多人家倒是请得起保姆，但三天两头不合适，每换一次保姆，都像是娶了回媳妇，真的能让人掉一层皮。

我这些年在城里，接触的都是这样的事。我觉得，这可能就是城里人如今最大的难处了。以前人也老，也有小的生出来，可没见像今天生生死死这么让人作难啊。

让我看，这事你要是看明白了，就知道在城里活到动不了的那天，还不如回自己乡下去。你想，就算人家王先生替我养老，到时候不是还得给我再雇个保姆吗？可雇保姆这事如果容易，他们家何必要搭进去一个妹妹来专职伺候老人？到时候我和保姆处不来，人家王先生会再劳神一次次给我换？就算人家有这份仁义，我也没脸消受啊。说到底，我知道自己的身份，我也就是一个农村寡妇，进了城，也就是一个保姆，哪能人家当你是自家人，你自己也就那么觉得了？

所以说现在回来得是个时候,自己好歹还能动,这时候离开王家,彼此反倒能存下个情分,不能真等到给人家添大麻烦、让人家嫌弃了的时候才走。

乡下养老成本毕竟低,而且说到底大家都是一个村的,到时候我请村里的谁谁谁来伺候我,就算我身边没人,乡里乡亲的眼睛也盯着呢,他谁谁谁也不会太没了良心对我。这一点农村就比城里强了。城里人关起门谁都不认识谁,互相没个监督,你就是在家里把老人杀了都没人知道。农村不一样,多少还有个乡规民约呢。

我现在啥都不怕,就是怕病。别看我好像啥都为自己盘算好了,可毕竟是这把年纪了,有个三长两短就能让自己动弹不得。老年人缺钙,特别容易骨折,摔一跤就摔得下不来床,这事我在城里见多了。所以我现在就注意给自己补钙。

怎么补?喝牛奶。牛奶补钙,还有就是晒太阳。这都是我在城里知道的。农村人不缺太阳,但就是没有喝牛奶的习惯。在农村喝牛奶其实比城里还安全。村上有人养奶牛,奶是新鲜的,不像城里的奶,掺了水,寡淡,关键还有添加剂。

儿子的事当然是我最大的一块心病。上辈子造孽了吧,让我这辈子既当寡妇,又老来无靠。我想这都是命,是命,我就认了。儿子能把自己顾好我就烧高香了。现在他在城里落了脚,找了个媳妇,脑子也有点儿毛病,但基本日子两个人还都能过。没准等他们老了,你傻我也傻,彼此倒能是个解闷的。

心我也只能操到这儿了,这已经是操心操到头了,再往下,不是我能操心就算数的了。以后儿子咋办?他的以后就不是我的以后了,我想老天不会对我这么狠,让我还要给儿子送终……

——您老没想着再给自己找个伴儿?

这话说的!

这话倒也不是不能说,我没有那么封建。在城里的时候,也有小区里的老姊妹给我说合过,让我跟她伺候的一个孤老头结婚。老头条件好着呢,以前当过局长。可是你看,这事能成吗?这事对我来说是找个伴儿,对人家来说可不就是找个免费的保姆吗。城里人也不笨,这种事听说得多了,老人晚年找个伴儿伺候自己,一闭眼,子女就把后找的那位赶出家门了。

再说,几十年寡妇我都做了,该受的难,我都受过来了。

要说我已经习惯寡妇的日子了。这话虽不是假话,可也不都是真话。谁不想有个知冷知热的人在身边?谁不想有个说话的人?当年我决心去城里当保姆,除了经济原因,心里没着落也是一个原因。那时候虽说也是五十多岁的人了,可寡妇门前是非多这个老话儿跟了我半辈子,在村里,我都习惯不跟人多来往了,每天自己在家里带着个傻儿子,天不黑就关门闭户,日子好像没个头没个尾。最难过的时候,我都动过心,做饭的时候把农药掺和进去,我们娘俩一起闭眼算了。

后来进了城,我在王家干得好,除了是讲良心,我自己也爱干呀。啥都是新鲜的,啥都可以学,没事也能出门跟老姊妹们聊聊天,拉拉闲话,国家大事都知道了不少。以前我哪管国家大事嘛。

世面倒也是真的见了，才知道，啥才是人过的日子。当然那日子还是别人的日子，我也不能真就以为成我的日子了，但我算是见识过了，这辈子，就不算白活。所以在城里干活，我是真的高兴，人一高兴，活就干得卖力气，也就算是维下了王先生一家。

现在回来，不适应，除了生活不适应，心里面的空落也是一个意思。可到底比十几年前好多了，快七十了，是真老了。七十岁的寡妇，也就不是个寡妇了，你说她是个孤老汉，也说得过去。我现在倒是可以不闭门闭户了，可一下子又觉得跟村里人没啥可说的了——说不到一块儿，人家把我当个城里人，老实说，我也不把自己当个乡里人了。

我现在天天在家看电视。看啥？韩剧。这是在城里落下的习惯。韩剧好看，家长里短的，里面老太太也多。有时候我看着看着，就当成自己的故事了。

可是也不能一睁眼就光看电视吧？有时候真的想找个人说话。电话打给儿子，也只能问个吃啥喝啥，身体有毛病没，我那傻儿子没法跟你多说两句。以前跟我说话最多的，是王先生的女儿，这女娃是我拉扯大的，真的在我心里就像亲孙子一样。我想她呢！可人家如今在新西兰，打个电话麻烦着呢，总不能让人家专门给我打电话吧？

不说了，说了这就又难受了。有时候我这心里空的，空的，就想大哭一场，也不为个啥，为个啥的时候，我这辈子反倒没哭过……

[郭奶奶]
—— 可青海我今天不回去，说不定也就没有明天了

　　郭奶奶是我在农村采访时遇到的最困难的空巢老人。郭奶奶今年七十六岁。按村里人的说法，五十多年前的一次远嫁，决定了郭奶奶这一生的命运。

　　上世纪六十年代，郭奶奶在青海某县当小学老师，一次偶然的机会，认识了到当地做木匠活的男子，于是从青海到甘肃，一场跨省的婚姻，让她从一名教师变成了一名农村主妇。那个当年吸引了她的男子，却过早离世，留下嗷嗷待哺的四个孩子。

　　做过小学教师的郭奶奶，有初中学历，她当然了解知识改变命运的道理，但是无奈家里太穷，她的四个孩子中最高学历也仅为高中毕业。这些年，孩子们相继离家打工，郭奶奶独自住在一间不足十平方米的小屋里。我们去的时候，老人正在用午餐，小餐桌上是一碗清汤寡水的面片。屋子里光线很暗，老人坐在暗处，就着一团灰白的光，我常常看不清她的表情。

　　因为患有糖尿病和坐骨神经痛等病症，郭奶奶无论站着还是坐

着，身子始终不自觉地后仰。这让我心里总为她捏把汗，仿佛她随时都会仰面朝天地倒下去。

郭奶奶已经没有能力再下地干活，日常的工作就是帮着儿子照看留在身边的两个孙子。去年她曾到省城的大医院看病，几千元的医药费都由在广东打工的小女儿支付，她跟我说，她没有跟三个儿子要过一分钱。儿子们在外打工，真实的状况怎样，不得而知。他们没有跟郭奶奶说过——三个儿子干脆多年来没有什么音讯，即使他们的孩子，似乎也已经忘记了外出的父母。就此，郭奶奶顽固地判断——在外的儿子们一定也生活得同样艰难，甚至可能比她还要难。她难，好歹还是在自家的屋檐下，但儿子们却漂泊在外的艰难着。

也许是当年的一次远嫁，让郭奶奶充分品尝了远走他乡的苦楚，也许当年的一次离家，让郭奶奶再也不敢走出哪怕只给她遮了风挡了雨的屋檐。

郭奶奶有三儿一女，起码目前看来，却是形同虚设着。但这些儿女名义上的存在，使得郭奶奶尽管已经丧失劳动能力，但是因为还有理论意义上的赡养人，所以生活再窘迫，也无法得到政府必要的救助。郭奶奶的情况不符合五保供养条件。现在，除了每月能领取几十元的"新农保"之外，她并不能享受其他哪怕也是微不足道的优待政策。

对此，郭奶奶没有更多的抱怨。

"谁让我是有儿的人呢？"她说。

在我看来，这"有儿的人"，已经是郭奶奶内心最大的寄托，她宁肯因此饱受晚景的凄凉，宁可存留住这种莫须有的名分，也不愿在自己的暮年，将自己最初的那个选择完全推翻和否定。

郭奶奶说：她死之前最大的愿望是想回青海老家一趟。

从五十多年前来到甘肃后，她只有在母亲过世的时候回去过一趟——家里人不认呢。这些年郭奶奶一直想再回去看看，家里人认不认，她认为都不要紧了，她只要自己回家看看就好。但回去总是需要花费的，尽管甘肃与青海比邻，回去一趟，在今天的交通条件下，并不是万水千山那样的困难。

"我不后悔，嫁不好也还是想回家看一眼嘛。"言语之间，这个无助的老人已是热泪盈眶。

村里对我其实好着呢。他们给我想了个法子，让我登个报纸，发个寻儿启事，然后就说明我没儿了，让我靠这申请五保供养。五保供养好是好，过年的时候，村里的五保户每人领了将近三千块钱补助金和两床棉被呢。可是人家真的五保户都觉得靠政府救济不是件光彩事，我怎么能硬往这里头挤呢？我活了一辈子人，最后在甘肃当了个五保户，那我在青海最惨不就也是当一个五保户吗？我干啥还要跑到甘肃来当？这个心思我没动过，自打嫁过来，就不允许我动这个心思了。

可是家里现在真的难，我只跟你说，就算我不动心思，有时候我也忍不住留心听这方面的政策。我知道村里现在有四十多个五保老人呢，其中几个还送到了镇上的养老院集中供养。集中供养的五保老人每月可以领三百多块钱的补助金，自己在家的，也能领到三百块呢。还有，他们穿衣服、看病什么的，也都不花钱，连死的时候，政府都负责埋。我家邻居就是五保户，老两口现在吃穿不愁，拿困难补助金买面、买菜，隔十天半个月还能吃上次肉，去年冬天，他们的棉衣棉被政府都给发了，春上，老汉在镇卫生院住院的两百多块也给报销了，得了甜头，前不久还到县里做了个白内障手术。

可这好处，就是和我没有啥关系嘛。不是我觉悟高，认为不能骗国家的政策，是我不能骗自己。甘肃是我自己嫁着来的，儿子是我自己生下的，我不能到了老了，说这些事都是假的，不是我干下的。

要能说这话，我就回去说给我娘家人听了。我娘死的时候我回去过，也是二十多年前的事了。那时候娃他爸也已经撇下我们走了，可是我孤儿寡母的，也没在娘家人跟前说个苦字。说了有啥用呢？泼出去的水还能收回去？

我知道我这一辈子是和什么拧上劲儿了，就是说，不管咋样，我都只能一条道走到黑了。可是跟谁拧，为啥拧，我又说不清楚了。为啥非要一条道走到黑呢？实话说，又没谁拿枪把我往这条道上驱赶，可是我就是只能走到这条路上去。没办法，这是命，我就是我自己的克星。

现在小女儿每月给我寄上些钱，有时候两百，有时候三百。我这娃也不容易，两口子带着个娃，每个月挣下的，也就是糊个口。村里给六十岁以上的老人办理了老年人优待证，在镇上看个小病有优惠，说是到了八十岁，就可以领老年人保健长寿补贴了。可是我知道我活不到八十岁。去年我到省城大医院看病，连医生都想不通，说我这么困难，咋就得上糖尿病这样的富贵病了？你看我就是这么难缠个人，啥怪事都能让我碰上，我不是自己的克星我是个啥？医生说还好，糖尿病人要忌口，这点对我倒不是个麻烦，我常年忌口着呢。可是药我还是吃不起，那个胰岛素，针管子，天天得打一针，我打不起。医生说不治疗到最后我的眼睛可能要瞎，腿可能要烂掉，可是这吓不着我。

现在没啥能吓着我的了。当年我从青海往甘肃来，是一路吓着的，娃他爸死的时候，我是吓着的，几个娃一个接一个地出门走了，我是吓着的，我这一辈子就这么吓着吓着过来了，现在就没啥还能吓着我了。

没得病前，我想我真要是干不动了，就到街上去要着吃。可现在我不能这么干，两个孙子还得我拉扯。现在政策好，娃们上学不要钱，可娃们总要吃一口嘛，我出去要着吃了，他们咋办？所以我还得在这个家挺着。有时候我真的觉得要个饭也怪好的，啥心都不操了，只把肚子哄饱就好，人反倒自由自在。守着个家，你就有守家的拖累。你看，我这屋顶子又漏了，漏了你就得劳烦别人来给你补好，我年纪大了，不敢再爬房顶了。这就是有些事，你图了个名，就受了个累，你有个家，你就要操个家的心，你啥都没了，反倒轻省敞亮了。

我现在就是想回趟青海老家。在省城看病的时候，我在医院门口看到往青海开的客车了。可能医院门口的外地人多，都来看病嘛，客车就在医院门口拉客。那个卖票的婆娘站在车下喊，青海的青海的，往青海走的上车！我觉得那就是在喊我哩！好像缺了我一个，人家这趟车就发不成哩。我都想这病我不看了，用看病的钱回我青海去。病哪有看得完的？这病好了，那病又来了，到了都是个死。可青海我今天不回去，说不定也就没有明天了。可我不敢跟女儿说，她要知道我用她的钱不看病跑回去了，她能难过死。她这钱都是背着她男人给我攒下的。

其实女儿再贴心，也贴不到娘的心窝子里。我不知道其他人家的娘们儿是啥样，也可能还是我这人怪吧。我这一辈子，就没个人能贴到我的心窝子里去。我多想我闺女能跟我说，娘，这钱你装好，回青海去吧……

——您想您老伴吗？

不想了。也想不起了。不是想不起那个人的模样了，是心里头不难过地想了。模样当然是想得起。

他是个好木匠。他做过的活儿，怎么看都顺眼。当年有个话，"嫁个木匠郎，穿衣吃饭不用忙"，可也就是一句话。

他人勤快，手里用的斧头、凿子、刨子，都是自己动手做的。家里现在还有他用过的凿子。那时候他做活，我爱蹲在旁边闻刨花的味儿。需要帮手，他还让我帮着扯墨线。

现在想这些事，都像是在想别人的事。可啥是我自己的事，我又想不出来。我现在就是这样，好像自己看自己都是看别人。有时候我都能自己跟自己说起话来，可那感觉，都像是在听另外两个人说话。

——想儿子吗？

不想了。也是不难过地想了。就是有时候会开口跟他们说话。他们跟我说，娘我们回来了，走，咱回青海去。我跟他们说，挣俩钱不容易，你们有这心，娘就知足了。

我那俩孙子乖，知道我有这么个自说自话的病，有时候也接腔，我说一句，他们应声回一句，好像一屋子人，说得热闹着呢。

前几天我梦见二儿子了。老二人老实，说话有些结巴。梦里头他扯住墨线的一头，结结巴巴喊我，娘娘娘娘，你拽紧，然后叭地一下弹了墨线弹下去，也不是弹在木材上，弹到地上，硬是把地弹出条沟来。醒来我就觉得这梦不好，说了个啥呢？难不成是他爸已经把他喊走了，这是让他用墨线又来拽我呢。

［老陆］
——我就不信政府能让我躺着等死

老陆今年七十五岁，老伴儿比他大，大几岁他不跟我说，说反正就是大。

严格说，老陆夫妇算不得空巢老人。他们有三个孩子，两个进城了，还有最小的一个儿子留在家里。但是这个小儿子从小患有语言障碍，五年前又因脑出血导致偏瘫，如今生活无法自理，不要说抚养他们老两口，就是基本的生活，都需要他们老两口来照料。所以在我看来，老陆符合我心里对于"空巢老人"的定义，于是，我决定将老陆也列在自己的采访名单中。

七十岁之前，老陆都下地干活，直到七十岁的时候，因为腰椎间盘突出，彻底丧失了劳动能力。

瘫在床上的小儿子一直是老陆夫妇最大的心病。进城的两个孩子，一儿一女，如今谈不上富裕，但也都算是在城里扎下了根，过日子基本上没大的问题。陆家原本有个计划，等到老陆两口子干不动了的时候，就由大儿子把他们接到城里去，缺乏生活能力的小儿子，由老陆的女儿接去看顾。但这有个前提，就是小儿子最多只是在语言上有障碍，其他的能够自理。这个前提在小儿子犯病后就被否定了。老陆也能理解女儿，这么一个瘫在床上的大活人，交给谁都是个天大的麻烦。所以陆家的计划搁浅了。谁都没有提，但大家都心照不宣。

老陆在丧失劳动能力后，反倒开始和老伴合力照料起患病的小儿子了。颐养天年这样的晚景，似乎已经离老陆越来越远了。

更糟糕的是，小儿子瘫在床上后，又患上了双下肢脉管炎。起初只是躺在床上口齿不清地喊痛，老陆找了村上的民医，照方子用包草药的方式进行医治，但儿子的病情却一直没有好转，双脚反而出现溃烂，到去年病情开始急剧恶化。去年夏天，大儿子和老陆把小儿子送到了县里的医院检查，这才被确诊为双下肢脉管炎。

这趟医院进得老陆一家欠下三万多元的外债。

老陆在自己的老年，停下了农活，却接手了另一桩毫不轻松的活儿。儿子生病的日子，老陆和老伴儿因为长期接触消毒药水，原本就不好的皮肤也发生了过敏性溃烂。医生说，老陆儿子的病需要做截肢手术。这笔钱老陆一家拿不出来，但是，老陆也难以接受自己的儿子被截掉双腿。现在，老陆最大的愿望就是能留住儿子的命。

采访的时候刚刚入冬，但老陆已经提前是一身冬天的打扮了，头戴一顶老式雷锋帽，双手抄在棉袄袖筒里，一阵接一阵地剧烈干咳。他刚从镇上的医疗所打问了儿子输液的事回来。

我们老两口这一辈子，好像就该是个没儿没女的命。之前我们还有过一个闺女，老三，十几岁时得病死了。按理说，留下三个，也够给自己养老送终的了，可是偏偏小儿子像是让鬼给附了体。不是我心硬话狠，是不这么想，我心里更难过。我现在就把小儿子当成是件劳神劳力的地里活儿，不能把他当我儿子想，当儿子想，我只会心里更烦。

我觉得，乡下人如今比以前更难了。以前难是难，可哪家都是一大家子人，人多，灾祸就好扛，就好像啥难都能硬挺过去。现在不一样了，家家都四分五裂的。你看，我那在城里的一儿一女，现在就基本上不能指望了。不是娃们没心，是我们做老的不忍心拖累娃们。小儿子现在这模样，就只能拿我们老两口的命来熬了，不能把全家人都搭进去，他们还有他们的日子要过。

给小儿子看病，老大拿了钱，闺女也拿了钱，就这还拉下几万块钱的饥荒。老大说这账他帮着慢慢还，我说那哪能，这账算我的。可谁都知道这话就是个屁。算我的？我拿啥还？可这个话我还是得说。怎么说，我也是一家之主。我想了，最后没办法，我们老两口死了以后，就拿这院房给人家顶债去，顶不顶得上，那我就管不上了，我就是这个态度。

你说你是采访空巢老人，其实我们老两口就是空巢老人。我们这个家没娃，躺在床上的那个，你看，能算个娃不？你要是能给我们呼吁一下，就呼吁一下，我们老两口死活就是这么回事了，可政府要是能救我小儿子一命，那我们就真是千恩万谢了。

我陆老汉一辈子没求过人，也知道政府有政府的困难，可我这回真的是叫天天不应了。

当然，这世上的农民比我难的多了去了，就是村上，都有人家比我还困难。好歹，我们老两口现在还饿不了冻不了，城里的一对儿女月月都给钱，没有个多，总还有个少，本来日子是过得去的。我家这就是"因病致贫"——有这个词吧？农村人就是这么经不住折腾，本来看着好好的日子，谁家出个病人，那就一夜回到解放前了。咋回事呢？我也想不通，人吃五谷杂粮，肯定会有病，可一有病就让人穷到家，穷到上天无路入地无门。

还有，以前人也得病，可是我咋就觉得没有今天这么多的怪病呢？双下肢脉管炎，这是个啥病嘛！

我老伴儿有头痛的毛病，这病跟了她一辈子，是个缠人的事，可也没像今天的这些怪病，说要人命就要人命的，最不济也要人半截子腿，除不了根儿，还治不了个皮儿。

我老伴儿害那毛病，每次犯病，她就靠吃几片土霉素。这药多便宜嘛。有时夜里疼得受不了，一个晚上就要吃上三四回，十几片，一年至少要吃三桶止痛片，可好歹吃得起。我肺不好，抽烟凶，常年咳嗽，大儿子劝我多少回了，让我去县里的医院查查。我不去，是舍不得，也是不把它当回事，以前这些病，你不把它当回事了，它就不是个事，我要去医院查，你等着看吧，指定就查出事了，肺炎，肺结核，肯定跑不了。我们老两口有毛病，就靠土霉素和止疼片，村里老人都这样。你看我外屋那口蛇皮袋子，里面全是空药瓶，收着，还能卖两毛钱一斤。

现在村里真的是走空了，我们村唯一的壮年人就是我们的村主任，三十来岁，其他的都是老汉，说是全村平均年龄快六十岁了。这也怪不得年轻娃们，我们这地儿，地贫，一亩地才收个五十多斤胡麻、豌豆，到乡里的汽车前年才通，过去去趟乡里，二十多里山路要花上几个小时，翻五六座山才能到。外面到底赚钱的机会多嘛。可是你说娃们把钱挣下了，老汉们的日子就该好过了吧？其实也没有。如今我倒是怀想过去的日子，过去村子里收完粮，都待在家伺候老人上炕，吃上热乎乎的烙面，日子不是也踏实着呢嘛。现在可好，去年过年，村子里出去的娃们，几十个，才回来三个。娃们只要出去了就不会回来了。

现在村里的老人都觉得老来无靠，有的甚至羡慕起无儿无女的五保户，因为有国家养着他们。村头的王老哥，八十多岁了，就是个五保户，村里给砌了窑洞，每年还给他发放钱发放粮食，连办身后事的棺材，村里都出钱给他准备了一套。可我不羡慕，人不能这山望着那山高，你要是问那些有儿有女的老汉，别看他们叫唤，你让他们拿一辈子无儿无女换个五保户当，问他们当还是不当？肯定不当嘛。

所以叫唤归叫唤，人还是要顺命。老天精着呢，你算不过天去。娃们走后，地里的活不就得老汉们干吗？至少得种出自己吃的吧？你去地里看看，像我这岁数还在地里刨食的老汉多着呢。我要不是腰得了毛病，现在照样还得在地里扒拉。害了腰病的时候，我还这么给自己宽心呢——我说陆老汉啊陆老汉，你腰卜害这病，其实是老天爷心疼你，让你不要再受下地的苦了。谁曾想，这老天可是精着呢，他就不会让你轻省下，他把我从地里放了，这不又让我小儿子把我拴上了。

我们村主任领你来的，那可是个好人，没少为我们这些老人们操心。可是政策上的事，也不由他说了算。去年，他向乡里报了七十多户，申请低保救助，僧多粥少嘛，最后县政府只批下了二十户。为这事，他还内疚得很。我为他挺憋屈的，人家好歹还在省城学过医，虽说留在村里每月有一千多块的工资，好歹还算是个官，但靠着人家那能力，要是进城干点别的啥，肯定比现在过得好，比如在县里开个诊所什么的。再说了，他那官算个啥官嘛，以前还行，现在农业税啊费啊取消了，他的权就没以前大了，乡里发放的补助粮、款，也不通过他了，直接给农民当面发放。现在他好像除了操心我们一帮子老汉，就再也英雄无用武之地了。

我这说的都是大实话，你跟我们村主任说说，就说我理解他着呢，让他明年跟乡里申请救助的时候，也还想着我家。我这困难是实打实的，不是讹政府的钱。

——您想过万一自己也动不了怎么办吗？

想过，咋能不想。动不了了就靠政府嘛。我就不信政府能让我躺着等死。

我这不是跟政府耍赖。我是有儿，可儿没能力管这个烂摊子了嘛，你说我不这么想还能咋办？这么想其实也是给自己宽个心，就好比人顾不上自己的命了，就只好听天由命，就好比我害了腰病，还想成是老天爷优待我。政府可不就是咱农民的天吗？政府管了管不了不说，咱农民心里这么指靠一下总归可以吧？我就不信，政府真能像老天爷那么折腾我，不给个好脸倒也罢了，翻过脸给我个沟子。

你别嫌我话多，你来我高兴着呢，就是有个说话的人。也有个十几年了，我这屋里除了村主任，没来过客人。

有时候我都觉得双下肢脉管炎啥的都不算个啥，那就像山一样，绕不过躲不过，干脆也就认了，倒是没个人说话，才是最让人憋屈的。按理说人长着嘴，除了吃饭就是说话嘛，本来天经地义个事，咋就跟座山一样难人了？我这小儿子，最让我心疼的是，生下来就说不了正常人的话，你说一个人生下来不能跟人说话，他能算是来这世上走过一遭吗？

我现在得闲就去村头找王老哥说说话。他老哥不能动弹也有几年了，村里几个妇女轮流给他送饭。你可不敢小瞧了这老哥，人只要活到他那个岁数，不是神仙，也成半个神仙了。他心里啥都清楚得很，世事早就让他给看透了。跟他聊聊，你的心就会舒坦些。老汉胃口好着呢，一顿能吃一海碗捞面。

可毕竟也是那把岁数了，话说多了也伤他的气。除了村主任，他不爱跟人说话的，也就是我，还能凑上几句。我也不能老去找他说。庙里的菩萨你去打扰得多了都遭菩萨烦呢，何况一个老汉，他就是半个神仙，可躺在那儿，没脱了这身肉胎凡身，一顿得吃一海碗捞面，还就是个尘世的老汉嘛。

[三理娘]
—— 周围乡亲都是老人，彼此之间即使有照应的心，也都没那个力气了

　　三理娘的儿子当然就叫三理，村里人于是就这么称呼三理的娘。三理娘今年七十一岁，和瞎了眼的老伴儿住在年久失修的土坯房里。三里娘的老伴儿今年七十四岁。

　　三理娘有三个孩子，两儿一女，三理是老小，从村里人对三理娘的称呼上，就能听出她对这个小儿子的偏爱。小儿子如今也最让三理娘牵肠挂肚，在县城烧锅炉，快四十岁了，还没说上个媳妇。女儿嫁在农村，生活也不富裕，现在只有大儿子每月给三理娘老两口五十块钱，这是儿子孝敬爹娘的养老钱，加上他们老两口每人每月五十五元的新农保和四十五元的农村低保，这个家每月的收入一共是二百五十块钱，分摊下来，他们老两口一人一百二十五元——这笔账，是我采访后算给自己儿子听的。

　　一百二十五元，儿子说，都不够他每月的零花钱。

　　老人的生活再简单，也需要做些免不了的体力活。地是早就不

种了,现在让三理娘最难心的是家里吃水的事。

村里最近的一口井,在一面斜坡上,老伴儿勉强还能挑得动,但是眼瞎;三理娘眼睛看得见,但是挑不动。这样,每天清晨就能看到这样的一幅情景:老两口协作,老伴儿腮帮子憋得通红地挑着一对皮水桶,颤颤巍巍地迈着步子,三理娘在一旁给喊路。天暖和还好,天冷了这事也干不成。路滑,一个瞎眼的老汉,竭力保持肩上水担的平衡,即便有人给喊路,走得也是险象环生,万一跌一跤,事情就闹大了。

到了冬天的时候,三理娘只有挖一些地上的残雪,放到缸里融化后再喝。

家里养了几只羊,现在三理娘还到山里放羊,顺路到荒地里捡些土豆,就是他们老两口每天的"菜"。瞎眼老伴也不是啥都不能干,可以生火做饭,砍柴拉风箱——关键是可以和三理娘拉拉话。

在三理娘看来,世纪初持续三年的干旱是将村里年轻人彻底"赶"出了村的罪魁祸首。仅2001年,全村就有近三成的人离开。此后,四十多岁的中年人也开始往外跑,孩子们也纷纷被带走,终于,原来近三百多口人的村子,走得只剩下几十口了,成了名副其实的"老人村"。

周围乡亲都是老人,彼此之间即使有照应的心,也都没那个力气了。年初三理娘昏倒在自家院子一次,瞎眼老伴儿急得只能哇哇叫,扒在院门上呼救,喊一会儿喊不动了,歇一歇继续喊,好歹喊来了乡亲,这才把三理娘送到了镇上的卫生所。

采访的时候，三理娘和老伴儿都穿着老式的黄军装。这种装束，我们在乡间采访老人的时候，见到了很多次，以至于儿子问我，是不是国家统一给农村老人定做的。

那次救不过来，我也就死了。农村人命贱，说死可不就死了。送到镇上去，输了液，又活过来了。输液花了一百二，我的命就是这一百二的命嘛。都说城里人看个病要花几十万，我看也没错，谁的命贵，救谁命的时候当然就要花费高嘛。

农村人把命不当个啥。最近几年，村里自杀的老辈人突然就多了。

我的一个老姊妹，几个儿子都在城里打工，她一人在屋病得实在不轻，恐怕不行了，就让人帮忙打电话叫了娃们回来，意思是见上个面。结果日弄人得很，娃们回来了几天，她又缓过来了，又没死成。娃们在家待了几天，就都又回城走了。没过几日，又不行了，又通知回来。这次，还是挺住了。娃们就又走了。这样娃们就都带着怨气了。你看，本来嘛，老娘死不了是个好事，可这好事就成个歹事了。娃们回来一趟花销大着呢，给老娘算了下账，连老娘都心疼得不行，觉得自己的命哪值这么多钱嘛！这就也留下了心病，觉得欠下了，活着是个不好意思的事了。转眼春节了，娃们又都回来了，这回来得更齐。本来过年村里出去的娃们也回来不了几个，这回是要办婚事，一个孙女要嫁人，大事情，这才都回来了。也就是婚事办完就要各走各的。就在孙女嫁出去第二天，我这老姊妹喝农药自杀了。为个啥？就是觉得前几次亏下娃们了嘛！她身上那病，要死不死的，活着，免不了还得折腾娃们，她羞得慌，干脆成全娃们，不活了。

这是一个自己去死了的。

村西头的周老汉，娃们进城打工，十几年回来过三四回，几亩地他种着，老伴儿长年瘫痪在床上，也由靠他照料。本来家里还留着个儿媳妇，后来，儿媳妇也跑出去打工了，把孙子也甩给他了，要他照看。老汉人老了，干不动了，就起了念头，自己活一天就要累一天，而自己老了又干不得，不如死了好，死了就不干活了嘛，就享福了嘛。结果找个后半夜，老伴儿睡着了，孙子也睡着了，就在柴房里系一根绳子上了吊，死的时候还不到七十岁。这是个心硬的，我要是跟他一个想法，我也去死去享福，我就熬不到今天了。

这是一个自己去死了的。

还有个老汉，也是个苦人，虽说有儿子，但不在身边。他儿子以前是个村办教师，后来时来运转，转成公办教师调到别的村教学去了。这本是好事情，可儿子走了，家里的地就全部压到老的身上了。后来媳妇也随儿子一块去了，家里就剩下老两口，守着那几亩地。老汉家的那地不好，统共几亩，就有好几十个田块，一畈田从下到上，梯田，一出门就上坡，送一担粪要走半天。平时，老汉还有一群羊要放，不放羊就没法耕田。正是因为放羊的时候，天阴下雨，路上打滑，他在追羊的时候，摔了一跤，把腿给摔断了，没钱治，就不能干活。眼看着大忙季节到了，别人都忙活，他倒躺在床上动弹不了，急呀，心里像着火。农村人对季节看得非常重要，误了农时，一年就没有收成，就要饿肚子。所以，连病带上火，老汉又急又气，无奈自己瘫在床上，没得法。看来这腿一时半刻也好不了，最后还得痛死，不如干脆早点死，免得遭罪，也免得不能干活心里着急，眼不见为净。找个日子，老伴儿放羊去了，他就爬起来，摸根绳子，上了吊。他这一死倒干净了，可苦了还活下的。儿子回来，把羊卖了，接了老娘到镇上和媳妇一块住，再也没有回来，现在房子都塌了。一户人家这不就是从地上抹掉了么。

这是一个自己去死了的。

还有一个，是个孤老，自杀的时候六十岁才过，这人早年也曾娶过老婆，闹困难的时候，家里没粮食吃，常常剥树皮吃，或者揪黄荆树籽炒着吃，吃了屙不出屎来。老婆熬不住，带着几岁的娃走了。老婆走了之后，他心里不好受，就此成了个打不起精神来的，几十年一个样子，苦个脸。他觉得没有脸面，连老婆都养不活，后来就一直没有再娶。这人可是个不一般的，是村里为数不多略通文墨的人呢，早年读过私塾，懂文墨，有见识，知礼节，所以，村里人遇到有什么大事，还请他拿个主意呢，遇到有红白喜事，都得请他当"知客"呢，安座请客，他能把啥都给你安排得有条有理，使得客人没意见。谁家请客都离不开他。大集体的时候，他当过小队会计，记记工分，算算账目，倒也没有吃多大的亏。联产承包责任制了，他也分了几亩地。按说嘛，一个男人种几亩地也不算吃力，因为那时他才五十出头，在乡下还算是正干活的年龄，不算老。在乡下，七十岁还种地的多得很。后来，他本家一位兄弟过世了，他就想到同弟媳妇一起过活，组成一个家，少时夫妻老来伴嘛，好歹老了老了有个知冷知热的人。这弟媳也愿意，可侄子不同意，好事就办不成了。但他还是牵牵挂挂地同弟媳妇好了几年，帮弟媳妇干活，种地。后来，村里老辈人也出面说和，但这侄儿子还是不同意。本来，第一次因为老婆跑了，就给了他一个打击，让他半辈子舒展不了，这次老了又没成下个伴儿，他就更不舒展了，一天到晚不跟人说话，愁眉苦脸。过了六十，他估计婚事再没啥希望了，坐骨神经痛的毛病也犯下了，活着除了身子疼心里疼，也没个啥意思了，心灰意冷了，晚上就喝了半瓶子农药，去了。

这是一个自己去死了的。

跟你说这么多自己去死了的，就是说乡下人不怕死哩。不是乡下人心眼窄，是乡下人知道自己的斤两，知道自己的这个命，轻着呢，没了也就没了，对别人不是天大个事，自己也没当成个天大的事。

可我不会自己去死，不是说我的命金贵，是我死了，就是一尸两命。我死了，我这瞎老伴儿也活不成。这就成俩人的事了，要死，也得跟他商量一声，俩人都一个想法儿了，就一块走。现在人家老汉还没这想法，我就不能一个人作主么。你别看他瞎，可他还没活够。也可能人瞎了，反倒容易活了，眼不见心不烦嘛。他眼睛瞎了有五年了，我就觉得这五年他比我可活得好。

——您没想过进城里跟儿子一起过吗？

想过，咋没想过。

大儿子那儿靠不住,他一家三口挤在租来的房子里,我去过,转个身都难。他们两口子在城里炸油条,卖个豆腐脑什么的,租来的房子除了住人,做买卖的家当就塞满了。小儿子倒是让我们去县里跟他住,说过这事。可是他这个岁数了,还没说上个媳妇,要是再拖着我们两个老的,谁家女人还能跟他嘛!

我倒是想和老三过。怎能不想?可是想归想,人活着,要是啥都能自己咋想就咋办,那不就活成神仙了?也就是想一下。三儿说等我俩走不动了,要么他就把我俩接到县里,要么他就回来,守着几亩地,给我俩养老送终。

我这三儿可孝顺,就是命苦,娃要良心有良心,要力气有力气,为啥就说不上个媳妇?就是因为家里穷嘛!为这事,我跟二闺女多少年不说话。当年是想让闺女给三儿换门亲的,人都说好了,闺女死活不同意。她有她的心思,看上她同学了。这可好,硬是随了她的心,嫁了她要嫁的。她要是过得好,也就罢了,可嫁过去,现在的日子一样难场呢。男人也出去打工了,撂下她在家抚养老的拉扯小的。前些日子回来跟我说,她也想进城打工去,村里姊妹给她介绍个当保姆的活。她说一个月能挣两千块呢。她兄弟的事她也一直内疚,说进城给人当保姆,挣下钱,偷偷攒一部分,给她兄弟娶媳妇。

这就是我个盼头了,没准,三儿的婚事就指望上了。

除了这事,我现在没别的盼头。跟老伴儿两个一天要说,也就说的是这个事。你说也怪,有个事说,人就觉得不空落,哪怕是个难心事呢。有时候瞎老汉还逗我，一边拉风箱一边跟我说，把饭做稠些，三儿媳妇喜欢吃稠的。说得真真儿的，真就好像有了三儿媳妇一样，真就好像三儿媳妇这就坐在屋里等着吃稠的呢。

我们老两口现在就把这当成是一个乐子。

前几年村里给困难户一家一台旧电视，说是城里人献爱心献的，看了几年，就坏了，没人影儿，只能听个音儿。自那以后就没开过。可前些日子我放羊回来，就看见瞎老汉不知道咋就趸摸着把电视给开开了。还是没人影儿，可有声音，这不就是给他一个瞎子准备的吗？老东西一个人在家，也怕静呢。也好，对他也是个伴儿。我现在出门就给他把电视打开。到底是个瞎子，不方便，我不给他打开，他自己弄，哪天小心就让电给电了呢。照例说这是个浪费的事，电钱就多出来了嘛，费电钱给个瞎老汉开电视，不知道究竟的，他想不明白这里面的理儿。可这电钱，得花。老汉人都瞎了，不该再吝惜给他花个电钱。

其实我还是害怕他走到我头里去。农村女人都比男人活得长，这也是个怪事。老天爷就是这么袒护男人，走也叫他们走在前头。

我想，我这瞎老伴儿要是也撒手撂下我先走了，可咋办？随他去不是不能，我也没啥想活的，可是看不到我家三儿成家，我还是有些闭不上眼呢。你说，本来媳妇就不好说，我再自己走，传出去，有个自杀的妈，不是对儿子的名声更不好了吗？叫他还咋活人，咋说媳妇去？

[郭婶]
—— 农民咋？农民就不养老人了？

郭婶六十岁，这个年龄，放在城里，似乎并不算老。

郭婶身子骨也还硬朗，心气儿也比较硬，是个讲死理儿的人。可能正是因为这种硬气，反而给现在的郭婶带来了烦恼。

郭婶家所在的农村，靠近县城，自然条件也不错，比一些贫困山区农户的日子要好过许多。郭婶有两个儿子，都没外出打工，与老人分家后，抬头不见低头见。按理说，这样的局面，郭婶老两口的养老不该成为问题。可是，发生在郭婶家的事，折射出了今天乡村伦理分崩离析的现状。如今，"养儿防老"、三代同堂，这些我国传统伦理道德中的美好希冀和许多中国人渴望的理想家庭模式，正与现实发生着剧烈的碰撞，遭遇了农村青壮年人口城市化、农村家庭小型化的挑战，农村家庭的养老功能因此出现了不可阻挡的弱化趋势。

郭婶人很干练，家里老伴儿都听她的，一度，她是家里说话最算数的人，是他们那个家拿大主意的家长。

郭婶家原有三间平房。几年前分家时,在郭婶的主持下,老两口人将宅基地平分给了两个儿子。那时候郭婶认为提早落实的公平就是自己日后养老的保障,她和儿子们订下了口头协议:两个儿子各起新房,但家中必须留有父母的住房,日后以一年为期,轮流把父母接到家里赡养。儿子们答应得都很好。可是需要兑现时,郭婶才发现,一切都和她的设计背道而驰了。

　　先是老二,郭婶两口子住进老二家,头一年,就觉出了不对。以前在自己家,郭婶还是有权威的,媳妇们也都还算尊敬她。可是住到儿子家后,滋味就不一样了。二儿媳活脱脱就是昔日郭婶做一家之主时候的样子。让郭婶调整自己的角色,不是件容易事儿。这样,儿子夹在中间就难办了。结果约定好了的一年还没住满,郭婶就赌气搬到大儿子家去了。

　　不曾想,老大居然翻了脸,根本不认当初的口头约定了,说自己盖新房落下了饥荒,让父母帮着出五千多块钱,说是帮儿子还债也行,说是住他家房子给的房钱也行。郭婶咬牙跺脚把这五千块钱给了大儿子。人是住进去了,心病却也落下了。以郭婶的脾气,不免就要跟大儿子一家闹些别扭,这可好,去年春节前,老大突然退钱撵人,把五千块钱塞给郭婶,喝令父母搬回老二家。

　　春节那几天下着雪,老两口深一脚浅一脚地离开了大儿子家,又抹不下脸进二儿子家的门,只好在附近找了间四面透风的空房子暂且住下,大年三十晚上都冻得睡不着觉。

　　郭婶两口子曾经住过的老屋,如今已是残垣断壁。紧挨着老屋的两座漂亮的两层楼房,就是两个儿子的家。郭婶两口子还能下地,靠自己种的几亩薄地自食其力,还没想过要依赖谁,就是想不到老了老了,却被儿子撵得无处安身。这种事,如今在农村也不是没有,但落在要强的郭婶头上,还是让她受不了。郭婶说她让气出病来了,得了个"心口疼"的毛病,现在一生气,心口就像被刀子搅。

村里头没有固定地方住,轮流到儿女家居住的老人不少,我们这里叫个"转转户",轮流去儿女家吃饭叫个吃"转转饭"。这本来是农村人老了以后天经地义的养老法子,谁知道我这口"转转饭"会吃得这么难。

我原先以为二媳妇不是个货,哪曾想大媳妇更残豁,人家理长着呢,说当初约好了的,一家住一年,为啥要在她家住那么久?你听听,要是在老二家能住好,我们老两口为啥还要住她家嘛?这会儿她跟我说当初的约定了,可当初约定里也没说要我们老的付房钱才让住嘛,她咋就不说这?我问她了,她还没开口,老大又帮腔了,反问我,你俩又没有丧失劳动能力,管你七老还是八十,你儿子也是农民,没个固定收入,哪弄钱去养你们?话说到这,就没法说下去了,不讲理嘛。

农民咋?农民就不养老人了?那祖辈人都是咋活的?老了就让饿死去?我们现在是还有劳动能力,可现在都翻脸了,真等我们连床都起不来的时候,他就真的能养我们?那时候不骑到我们头上拉屎才怪。再说了,啥叫丧失劳动能力?这就是个良心上的事嘛,我们还能下地,是不想浪费了这把老骨头里最后的那点儿力气,你以为我们现在真能干动活?可不就是硬把骨头里那点儿力气往干里熬完嘛。老头子肾不好,经常腰痛,有时实在干不动活,就趴在地里,一边爬一边扒拉着松松土。现在地也不好种,今年地里的豆子长得也不好,种第二遍才依稀长出来些。我们老两口就是紧着体力能种多少种多少,实在种不了,就只好让地荒着。这事他们没看见?

也不知道听谁说下的,好像国家有个法,说老人丧失了劳动能力,做子女的才要去抚养,老大他就拿这个法来堵我们的嘴。国家的法我不懂,可我知道国家的法不能不讲理,他这是歪曲国家的法呢。村里有人给我出主意,让我告儿子去,这话你可不敢说出去,说出去那两个货去找人家麻烦呢。我也不能去告。说去告,也就是个气话。如今晚辈没个样子了,老辈人也能没个样子吗?告儿子?这事情让人笑话。

而且你要真的是去告了,也没人会同情你,只会说你这做老的,太毒,虎毒还不食子呢。这就是今天的风气,怪得很!娃们不孝,尽管也被人指指戳戳,可好像就成个谁都能想得通的事了,一家看一家的样子,也就好像都受着了。可是做老人的,要是对娃们不仁,当面不说你,心里头都把你往扁里看。村里就有告儿子的,法院也判了,可现在该是咋样还是咋样,你总不能让法院把娃抓了去吧。给我出主意的,也是好心,可我不能犯这个糊涂啊。

到底是做老人的嘛，子孙再不孝，也是狠不下那个心。人老了就是这样子，啥都能自己忍。前几个月，村里贺大娘的闺女在村口把我碰上了，见了我跟我说回来看看她妈。我一听这心里就是一咯噔。贺大娘平日跟我关系好，我俩是常走动的，我有些日子没见着她了，以为她去邻村看她闺女去了。这大娘也是七十多岁的人了，男人死得早，自己又一身病，儿子进城打工去了，嫁出去的闺女还孝顺，经常回来看她，这一向不见人，闺女找来了。当下我就想可能要出事了。我跟她闺女紧一脚慢一脚地就往她屋里跑。结果你猜咋样？还没到门口，臭味就已经闻到了。大门被两根棍子从里面顶着，我们喊了人来把门砸开，进屋看见尸身都已经萎缩了，缩成个蛋蛋了……

为啥？儿女都还孝顺嘛，儿子往家给寄钱，闺女也说要把她接去住，可老奶奶这是不想给儿女们添负担啊，这就自己死到屋里了。

说实话，你别看我现在提起儿子这么大火气，可心里头，还是记挂着他们呢，毕竟是自己的儿啊。也不知是咋的了，许是人老了，都念个小的。我这人一辈子硬气惯了，要是换在以前，早跟媳妇们没完没了上了，可现在，尤其这两年，这心，就柔下了。其实还是想和娃们一起过嘛。白天串串门，同村里老姊妹拉拉家常，还算过得去，一到晚上，我们两口就都没话了。屋里虽说有电视，但也没心思看，和一家人看的感觉也不一样，干脆就让电视成了摆设。寂寞哩。

我那老伴,是个话不多的,一辈子啥事都是我来操持。地里没活的时候,我俩煮一顿饭,够吃两天,闲呢。晚饭吃过,就上床睡了,年岁大,睡眠又不好,半夜三四点就醒了,日子可难熬。

我也看出来了,他想儿子想孙子呢。俩儿子就住旁边,有时候老伴儿趁人不注意,拦着孙子给孙子个五毛一块的,都是巴结着的样子,有时候隔壁训孙子,他在这边屋里转圈圈叹气。人老了念孙子,这可是真由不得人,村上真还有想孙子把眼睛都哭瞎了的呢。

——就没想着怎么跟儿子们缓和一下关系?

咋不想?可咋缓和呢?

我现在就巴望着他们也像村里其他娃们一样,出门打工去,这样他们就用得上我们老的了。干啥?给他们拉扯娃嘛。我们也真的不图个啥,就是想拉扯自己的孙子,累肯定是累,可那累,是个说得出口的,不像现在,丢人现眼,啥还都得吞到自己肚子里。

我现在最怕啥?最怕过年过节的。平时装着没事,就把日子也过了,可是到了年节,你装都装不住。别人家张灯结彩着呢,自己的落寞就给显出来了。尤其两边儿子家,也热闹着呢,你说我们这俩老的,心里会是个啥滋味。有的家里,娃们出门进城去了,过节不回来,即便是不孝顺,跟老人闹了气,也还有个托辞,就说娃们忙得很,回不来。可我这,儿子抬脚就能到眼前,你都没个藏没个披的余地,只能让人看个笑话。

村里有个上百年的戏台子,过去老人们常在那儿看走乡串镇的古装戏和样板大戏,后来有一阵子停了,可这些年又唱起来了,村里花钱，正月里请县里的正规剧团来唱戏，一台戏要几千元呢，我也爱看，图个热闹，可自从让儿给撵出门，就没脸再去凑那个热闹了。

今年过年我们老两口也把年货置备上了，都是啥？两箱方便面和几瓶油辣子。不是没钱买个好的，是没那个心劲儿，干脆连平日里的力气都没有，饭都不想做了，就吃方便面了。

老伴儿实在憋不住，开始偷偷跟俩儿子套近乎。他以为我不知道，其实我都看着呢。心里也酸，他们爷们能缓和，我当然高兴，可背着我偷偷摸摸，这算个啥？好像就我是个外人，就我不是个货。为了这个家，我这一辈子啊……

村里建了个老年公寓，六十岁以上的老人免费居住，每月还发五十元的生活费。可人家有个条件，就是得无儿无女的才让住。这就把我们这些有儿女的给比下去了。他们那缺人手，年轻一点儿的媳妇都进了城，年纪大的，人家也不去，一是嫌发钱少，二是怕给子女丢人。我可是想去，帮着伺候动不了的老人，我也不嫌钱少，一堆老人在一块儿也热闹些，可我还是怕给娃们丢人，娃们不给我脸，我还是想着他们的脸呢。

为这事我犹豫得很，实在是想去，又实在拿不定个主意。

现在国家政策对农民还是好的，日子没过去那么难了，今年村上卫生院还给六十岁以上的老人免费体检服务呢，还建个啥健康档案。可人的心，咋就一点儿也不比过去好过呢？我那老伴儿还会写两笔毛笔字呢，以前村里人过年没少让他写过，写啥，写个"福"

嘛，有时候我俩拌嘴，我就说他，都是福写太多了，现在就把福写光了。我这话当然作不得真，可我现在除了能胡说他两句，我还能跟谁说去呀。

前几天跟人拉话的时候，我听说都有老人故意犯事儿让政府抓去，就图个关在监狱里有吃有喝，还有个伴儿。你说这都把老人逼成个啥了……

[老何]
—— 每个老汉都是个炸药包

郭婶听的那个老人故意违法以求进监狱养老的事,是老何说的。

老何今年六十五岁,老伴去年去世,一双儿女都在城里打工。村里人说,老何是个老光棍。这里"老光棍"不是指鳏夫,是指一种行事为人浑不吝的作派。

在村里人眼中,老何不是个好庄稼人,年轻的时候就有些游手好闲,喜欢喝个酒打个牌,地里的活都撂给家里人,自己到处混日子。像老何这样的人,其实在乡下,每个村都能找出个把人来。村里人也不觉得稀奇,倒是觉得有了老何这种人的存在,反倒能给寡淡的乡间生活增添些谐趣——西游记里都有个猪八戒嘛,水浒传里都有个李逵嘛。在村里人看来,就是这种混世魔王似的人物,才让故事精彩了起来。

老何当然不是猪八戒,也不是李逵,就是个比喻。面相上,老何并不彪悍,甚至还略嫌单薄。其实老何在村里的人缘也很好。老何年轻的时候，四乡八村地游走，到哪儿都是个自来熟，呼朋唤友，颇有人气。

前些年老何一度不知了去向，回来后说是到省城待了些日子。可村主任知道老何去哪儿了。老何的确是到了省城，先是卖菜，后是收破烂，还搭上个河南妇女同居过日子。这本来是隐私，没人知道。但老何在城里犯事了，因为收赃，让公安局抓起来了。公安局抓了老何，查了身份证，顺藤摸瓜，一个电话就打到村上了，为的是核实一下老何的身份。老何的秘密这就败露了。纸里包不住火，三传两传，村里人就都知道老何在城里蹲大狱了。

可到底是个不能明说的事，明说了，就成了村主任没给老何保密。大家只是背地里说，见了老何，彼此心照不宣，只说老何是去省城了。别人不明说，老何也就索性装这个糊涂，也不明说。但有时候扯闲话扯高兴了，老何就脱口说出些"里面儿"的事。"里面儿"当然是监狱里面儿。大家也爱听这"里面儿"的事，老何因为有了这笔"里面儿"的经验，就更显得是个见多识广的老光棍了。

他其实不避讳人跟他说这些。

老何在"里面儿"呆了小半年，出来后回了家。回来没几年，老伴儿就死了。村里肯定有舆论，说老伴儿是给累死的，是给气死的，这一世，嫁了老何这样的老光棍，不给气死累死才怪。一双儿女对老何也有意见，老娘死后，基本上就不回了，那意思，就是让老何自生自灭。可老何这样的老光棍，生命力反倒出奇地顽强，许是一辈子没让农活捆绑住过，加上心宽，就是一副能活百年的样子。

六十五岁的老何，身体没什么毛病，眼不花腿不抖，看起来比村里大多数老人都显得健康。

见面的时候，老何穿着件皮夹克，拉着我去村口晒太阳，说边晒太阳边说。

老何的故事多，他一连跟我说了好几个老年人"犯事儿"的故事。跟老何聊完，农村老人违法犯罪这个现象引起了我的注意。我特意找人了解了一下，据这个县检察院的朋友说，今年该县检察院共受理公安机关移送审查起诉的六十岁以上老年人犯罪案件达二十起，分别案涉故意杀人、故意伤害、失火、强奸、抢劫、盗窃、寻衅滋事等罪名。在这些案件中，年龄为六十岁至六十九岁的有十三人，七十岁至七十九岁的有六人，八十岁以上的一人。

这些犯了法的老人，几乎都有一个共同的特征——空巢老人。

你以为犯事儿的都是年轻娃们？你到"里面儿"去看一下，老汉们多着呢。尤其是劳教所，不是老的，就是小的。为啥？劳教所都是些没犯啥大事的，就是偷了个钱包打了个架的，壮年人犯的事大，就给弄到监狱去了。

老了老了，人反倒忌惮得少了。你看在外面，一个老汉过的日子，也跟在"里面儿"差不多嘛，还不是晒个太阳睡个觉，太阳晒的还不是一个太阳吗？睡觉睡过去了，还不都是睡个觉吗？而且

"里面儿"还管吃管喝，到点儿了饭就给你送到嘴边了，有个头疼脑热，还给发药打针。

当然，这也不是说，人老了，都该进"里面儿"去。我这是在说个原委，为啥老汉们老了就不怎么惧怕政府了。他在哪活都一样嘛，有时候在家里，作的难，倒大得多。不是老汉们都故意要进去，是留的神少了，不小心就进去了。而且人老了，爱钻牛角尖得很，针尖大个事，他就想不通。想不通咋办？铤而走险去了。年轻时候顾虑多，舍不得个外面的花花世界，老了就豁得出去了，有时候就为一口气，都能把人杀下。

我就知道一个老哥，用一把尖刀要了老婆、闺女的命，一同殒命的，还有闺女腹中的胎儿。这就是个一案四命。他其实还没我大，六十二，叫他老哥，就是敬他犯下的这个事大。

这老哥和我一样，也死了婆娘。他婆娘死得更早，十年前就没了。这老哥一个人孤苦度日，恰好邻村有个寡妇，于是俩人过在一起了。寡妇还带了个闺女过来，女娃有出息，当时刚上大学。这么过了快十年，一家人倒也和和睦睦。

两年前，闺女出嫁了，随女婿住到了县城。那年过国庆节，他婆娘跟村里的一帮姊妹去了北京，日子过好了，这是想去见下世面，看个首都。这事，他倒是支持，还给了路费。婆娘去了北京，他天天打电话，但婆娘的手机就是不接。几天过去，他把电话打给婆娘的姐夫了，这才听说人七号就从北京回来了。他就又打电话，可是婆娘一直关机。又过了几天，婆娘电话才打回来了，说是八号从北京回来的,先去了她姐家,接着又走了趟娘家,之后就上县里闺女家住下了,说身体不好就没急着回家。

接完这个电话,这老哥就火冒三丈了。为啥,他觉得婆娘没给他说实话——她姐夫明明说是七号回来的,她为啥说是八号?这里头有诈!你看你看,他这么想,不是钻牛角尖是啥?差个一天半天有啥呢?她个六十多的农村老婆子,难道还有啥奸情?可能也就是记差日子了嘛,随口说了个日子,能有啥诈呢?

可这老哥不这么想了。这日子在婆娘家是浑噩着过,在他可是掐着指头过的,自打婆娘出门他就数着日子呢,七号八号,差得远呢。那一夜就越想越气了,就睡不着,就发狠了。他想啊,自己这么大年纪了,身体又不好,找了个婆娘却到处遛达,也不回来照顾他,又想,这些年他出钱出力的,还给婆娘买了养老保险,婆娘现在都开始领保险金了,他倒一分钱没见着,还有,他对自己亲生闺女都没给过个啥,倒把她闺女供着上完了大学,现在她闺女工作好几年了,也没给过他一分钱——现在婆娘还给他使诈!真是冤啊!千头万绪,不由人不恶向胆边生!

这下好,天一亮,这老哥就提刀上路了。刀是杀猪刀,残豁得很。找到县城,进了闺女家,手起刀落,把婆娘跟闺女双双给宰了。闺女肚子里还有个娃,他那刀子也就专往肚子上攮。这就是没人伦了,变成个畜生了。事后他跑回自家的林地里准备自杀,但被村里人给阻拦下了,当天公安就到了,那阵势!

这人杀的冤不冤?冤!可你也不能光责怪这老哥,你得想想,他为啥杀人？为啥为个没说准的日子就起了杀意、就变成了畜生？我觉得他这是委屈么！老了，没事干了，心里就空得慌，你把他一个人撂在家里，又是北京又是娘家又是闺女家地浪，他委屈得很。这就想不开了，是一念之差，想着干脆大家一起死迷算了。

这么做当然不对，可我理解这老哥，他这是魔障下了。人老了，孤家寡人的时候，就容易魔怔。

还是个老哥，跟我同岁，娃们都出去挣钱了，家里就剩他跟婆娘。按理说有个伴儿是好事，可这老两口，老了，不种地了，倒没个抓握的了，闲着闲着就一个看一个不顺眼了，为个鸡毛蒜皮的事三天两头吵，吵来吵去火气越来越大，这天老汉干脆提了个镰刀在家里追砍婆娘。要我看，他也没真想要咋的，难不成就真的要一镰刀杀了婆娘？也不会。就是平不下心里那股子邪火，耍一下二杆子过瘾。这婆娘腿脚还利索，满院子跑，一边跑一边大呼小叫，杀人了杀人了，熊老汉要杀人了。这可好，把邻居给招来了。邻居也是个好心，可就是个赶死鬼，凑着凑着来送命来了，进了院子拦老汉，劝架。老汉人来疯嘛，你不管他，他要一会儿就歇着了，再跑两圈，自己就得圪蹴下喘气，你管他，他把镰刀耍得更威风了，呼呼呼呼，刀光剑影的。就这么，一家伙抹在邻居脖颈子上了。平日里你真想杀个人都杀不了这么准的，总动脉断裂，血喷出有十几米去，当场就没了命。

我这说的都是血案，都是不为个啥就犯下的血案。老汉们老了，身边没个能让他们疏通郁闷的方子，心就都变疯癫了，心疯癫下了，手头子就跟着都变残豁了。

还有那没情况的，老了老了憋不住骚，对村里小女娃下手的。咱村就有一个，是谁我不说，得给人留个脸，你把老汉脸面要是彻底不给了，没准又激化出个杀人犯。这老汉快七十的人了，趁人家男人不在家，硬是翻墙进去欲对人家的小女娃下手。幸亏人家回来人了，才给骂逑走了。好在是同村人，留个情面，这事要是告官去，老东西得判个几年，他这叫强奸案未遂。

话还是要分两头说。这老东西的确干下的不是人干的事，可你也回过头想一下，他这是咋了，咋就这么不顾忌死活，硬是敢干呢？让我看，还是心里头有了麻烦了。这是老汉们心里头的魔障。他不平衡嘛，他空落得很嘛。把儿女拉扯大了，自己又老又病，一辈子也没享下个福，如今娃们各过各的去了，留下个老的自己等死，你说他能不魔障吗？这魔障有多歪，你想一下就知道，翻墙头？你去看一下，现在村里人的院墙是啥样，高不说，上头还都是玻璃碴子。让你个年轻人翻一下都费劲，何况一个快七十的老汉。可人家硬是翻过去了嘛！为啥？肚子里的魔障蹭蹭的，都能让人飞檐走壁了。

嘿嘿，笑话笑话，咱就是晒个太阳胡扯。

话是笑话，理儿不是个歪理儿。现在村里撂下的老人多，娃们不在跟前，老人的歪心思，可真是个大事情了。以前过日子，一大家子人过，老的对小的，小的对老的，都是个顾忌，现在都耍了单，老汉们容易走火入魔。

这就是不安定因素！尤其对村里的娃们、媳妇、残疾人是个危险。为啥？这些人比起老汉们，更是个弱势群体，老汉们抽风，这些人最容易成为下手的对象。

——聊聊您吧？

聊我？嘿嘿，你放心，你别看我混了一辈子，可是大的糊涂事我不干。我觉得我这人看着年轻的时候爱耍是个毛病，其实也是个好处。为啥？没憋屈过自己。农村人一辈子吃苦，肚子里装的熬煎太多了，到老了，排遣不好，就是一肚子的委屈，这委屈没个着落，就是一肚子祸害了。要么祸害自己，要么祸害别人。你去看，村里老辈人普遍多疑得很，爱猜忌，总觉得谁对他都不好，全世界都亏欠着他。娃们现在都跑出去了，留下一群肚子里装着苦水的老辈人。你说现在农村像个啥？我看像个火药库嘛，每个老汉都是个炸药包。

相比之下，我就是个安定因素，我心里一辈子没搁事，也不觉得谁委屈过我，我的思想很健康！

你看，我也想娃，可娃们怨我，我也没啥想分辨的。这个心态反倒好跟娃们沟通。他们不理我，我一不气，二不恨，照样该干啥干啥，过几天就给他们打个电话，找个机会，就进城看他们一眼。他们对我态度不好，我也不当回事，该咋还咋。现在他们对我态度也有所转变了——他们这爹好说话嘛。闺女前些天还给我买了条毛裤，说是过些天还要给我买件棉袄。

我不怕老，也不怕死。我从来没给村里添过麻烦要过补助啥的，村里有村里的难处，能帮别人就让帮别人去，我不伸那个手。不是我没困难，我也有困难，我现在就是个没收入的人，花的都是前两年在城里捣鼓下的那点儿钱。你问我为啥不种地？一来，我一辈子就没想过要在地里刨食，总不能老了老了活回去吧？二来，也幸亏我一辈子没想过在地里刨食，要不，要不我现在也是个炸药包哩！嘿嘿。

以后咋办？没多想，我这辈子都是走一步算一步过来的，人算不如天算，你算也没用。我想过些日子再到城里去，看看能干些啥，城里毕竟好挣钱，随便干点儿啥，也有个酒肉日子。

实在等干不动了，我就自己进山里去。还是走到哪儿算哪儿，走不动了就地撂展，天作被地当床，让老天收了我去，一堆老皮囊，还能喂个野狗。

我没挂牵？也不是，实话说，我还是挂牵娃们的。尤其是我那闺女，她嫁的人不咋样，日子过得紧紧巴巴。我闺女可心眼好，心里头记挂着我呢。也就是在她跟前，我有时候会愧疚，觉得对不住娃。

我偷偷跟你说，我现在要是喝酒，喝之前，我就把手机电池抠下来才出门。为啥？我有毛病，一喝醉就要给闺女打电话，酒后不免就胡说八道，把闺女气得哭。所以我就用这办法管住我自己。

你说，这叫挂牵不？

[何婶]
——我现在最遗憾的是，没给闺女们拉扯过娃

何婶今年七十三岁，老伴儿死了三年，五个女儿都嫁出去了。

采访何婶是一大早。何婶正给自己做早饭，煮了面条，打个荷包蛋，切了点香菜，一顿饭就弄好了。在我看来，这顿早饭还算不错。何婶说，一个人好凑合，中午就炒点土豆、萝卜，喝碗稀饭，吃个馒头，晚上就吃中午吃剩下的，有时候干脆就不吃晚饭了。何婶算账说，一个月花不了一百元。

相比我见到的其他农村空巢老人，何婶给自己一天做的饭，算是比较正规的了，并不能算是凑合。

何婶的精神也不错，不慌不忙，神态安详，对眼下的日子似乎没有太多的抱怨。

早饭剩下的面条汤水，何婶拿去喂了狗。她家院子里的大黄狗见了主人，尾巴摇得欢。何婶拍拍狗脑袋，平和地说：一家五个闺女，都算是给别人家生下的，娃们难得回来一次，也就我自己在家，只有这条狗和我作伴儿了。

我看不出何婶有什么伤感的神情，但她平和的话语，却自有一番动人心绪之处。

何婶住在村头临街的一间房子里。房子里摆着柜台和货架，货架后面，是一张单人床。何婶在这间房子里开了家小卖部，卖些烟酒小食品什么的。过往的司机、村里的孩子，是她的主要顾客。除此以外，屋里还有一台电视机，上面蒙着一块绣花的罩子。何婶说看电视是她每天的主要消遣。墙上贴着货品的价目表，何婶说是她写的。还说她其实不识字，都是照着描的——现在眼睛不行了，戴老花镜都看不清，描得不好，粗细看着正好，实际上描细了。

何婶说她身体其他都好，就是颈椎不好，七八年了，经常头晕、腿没劲。为这病，现在何婶在镇上的卫生所进行针灸加贴膏药的治疗。

吃完早饭，何婶走着去村里的田头给父母的坟烧纸。何婶说，其实是公婆的坟，快到鬼节了，来给他们送几件寒衣。

濛濛细雨中，在公婆坟前，何婶依旧神态平和。烧完纸钱和寒衣，何婶指着麦田说，家里还有四五亩地，老伴儿活着的时候他们还能侍弄地，现在老伴儿走了，她也干不动活了，地就交给别人来种了，可有时候人家浇地的时候，她还来看看垄口。

回去的路上，从村里人口中得到一个消息——村里有位老人过世了。

闻讯后，何婶怔了怔，态度依然平和，只是在原地站了一会儿。重新迈步时，我看到她抹了抹眼角。

回到家后第一件事，何婶是推开了窗户。窗户的玻璃擦得很亮，上面贴着"喜上眉梢"的红色窗花。何婶说这是她剪的。

去世这老姊妹和我挺说得来的，岁数也差不多，娃们在天水打工，离得不算远，就这，他们老两口也很少把娃们叫回来，怕耽误娃们的工作，有个头疼脑热的就硬扛着，实在受不了再找邻居帮忙。这老姊妹有脑梗塞，老伴有脑血栓，风湿性关节炎，平时就老两口互相照应着。她赶在鬼节走了，也算是走了个好日子吧，到那边儿去，正好过个节。

说起过节，农村老人活着的时候，可是个害怕的事。现在村里老人有三怕，怕生病，怕花钱，还有就是怕过节。

为啥怕过节？冷清嘛。

平时的冷清还好，过节的冷清就让人难过哩。娃们都不愿意回来，依我看，娃们不愿意也是对的，等村里的老辈人都走光了，娃们就更不会回来了。那村子空了咋办？地谁种呢？坟谁上呢？那就不知道了。人想不了以后的事，五百年前，这村子是啥样呢？那时候人的坟在哪？不是也没人知道吗。

我还算好，生了五个闺女，虽说是给别人家生下了，可到了这会儿，就知道生闺女的好了。五个闺女都孝顺，商量了每个人每月给我两百块，我不要，我要那么多钱干啥用？我一个月一百块就够吃饭了。吃饭的钱，我用这间小卖部就挣下了。现在她们每个月一人给我一百，就是有五百块钱，基本上用来看病了，也差不多够用。过年的时候我去城里跟她们过,她们来接我,挨家轮着接我过年。我已经有五六年没在村里过年了。

去闺女家过年好是好,可每次回来我心里都不好受。一是舍不得闺女,二是回来一下子又要适应冷清日子,人不好适应得过来。这几年回来的时候都没出正月,瞅着别人家门上的红灯笼红对子,我心里就难过。所以现在我要是进城过年,走之前也先给这间屋子门上贴好对子,这样等我回来的时候,进的也是一个红火的门。

这间屋是租下别人家的,自家的老屋空着呢。老伴儿走后,我说我不能再一个人住在老屋了,太空荡,睁开眼睛好像就能看见老伴儿还在屋里走动,晚上睡觉也老梦见他。他走后我就得了怪病,突然就下不了地了,脚一沾地,半个身子都是麻的。请人来给看了看,说是我得从那屋搬出去,我住着,老伴儿舍不得走,天天要回来,这样我也阴气重,他也不能早托生。闺女们让我到城里去住,我不想去,就是离了老屋,我也不想离开村里。我搬走了,老伴儿安心托生去了,可我也不能走得太远吧,我走远了,家里的地和坟,就彻底成了无主的了。我死了不说,我没死,这些事就脱不了干系。

这家小卖部是闺女们出钱给我开的。我闲不住,不干地里的活儿了,总得干点儿啥。货是三闺女按时让人送来的。其实也没指着挣钱,就是打发个日子。而且有了这小卖部,我身边儿也热闹些,村里的娃娃们爱来,买个零嘴儿文具啥的,有时候钱不够,我也卖给娃娃们,就是图个高兴。

从老屋搬出来，怪病还真的是好了。后来看颈椎病的时候，医生跟我说我那怪病其实还是因为颈椎的毛病。医生的话我当然信，可我也信看阴阳的话。

以前有个看阴阳的说过，我们这村风水好。这话那时候谁信嘛，村里那么穷，哪像个风水好的地方？从二十年前就开始了，三百多口子人的村子，走得只剩下几十多口老人和十几个媳妇、小娃，没有了精气神儿，整个村子都往败落里走。可是怪事就来了。前几年，来了个拍照片的，专门拍村里的老人，一连来了好几年。紧跟着，南方大老板就来了。说是那人拍下的照片在外面展览，村里老人们没啥可看的，照片里老人身后的村子倒让城里人感兴趣了。说我们这村子有几百年历史了，村里的石窑都是古董文物呢。

南方老板看中了我们村的这个风光，决定投资开发旅游。就是因为这，县里才修了路，这样我才能开了这个小卖部。

现在村里人相信当年人家给看下的风水了。有的人家花上万块钱新建几间窑洞呢，准备用来接待以后的游客，村里也能贷来款了，建了个全村最大的水窖，让村里人吃水再也不发愁了。我家那老屋也有人看中了，来跟我商量，说是要买下，给的钱还不少。这事我现在正思量着呢。屋倒是空着，卖了钱分给娃们，对娃们也是个好事，可卖祖屋这事，是不是个好事，我就是拿不准呢。

村里景气了，说话就硬气了。以前村里想办老人的事情，说话也不硬，没人听。现在修了路修了水窖，就有资本说话了。村委会让每家出去的娃们都回来，和自家老人签个养老协议。那协议可细致着呢，父母跟子女同吃同住的咋办，父母生活由兄弟轮流负担的咋办，老人单独居住生活费用可以自己解决的咋办，老人单独居住生活费用由子女分担的咋办，都想到了。这办法好是好，可我看用处可能不大呢。赡养父母，这是个良心上的事嘛，娃们有这份心，你不说，他也做，没这份心，你就是白纸黑字跟他签了字画了押，不也还是没用嘛。

村里说违反协议的，村里就要替老人出头打官司，到法院去告不肖子孙。可是你想，有几家老的会忍心去告小的呢？

自古以来，农村人有几个是靠和子女立字据、靠官府的衙门撑腰来养老送终的？

——您没这方面的负担，女儿们都还孝顺。

是呢。所以我说我家闺女不用签这个协议。村里不答应，说这是个统一任务呢，还要向上面汇报，要全覆盖，我不签，就是拖了集体的后腿。结果就还是签下了。

我的命是不差，我知足。

邻近几个村子成立了个老年协会，我也加入了。本来乡下人祖辈都有个邻里相帮的风俗，过得好一点儿的，帮帮过得不好的，本来就是应当应分的。就近就亲，村里老年协会可以让老人互助，给我安排了一个八十岁的老婶子，一对一，让我帮扶她。其实也没啥帮的，我就是经常上门探望下她，知道一下她有没有个啥头疼脑热的，帮她给娃们挂个电话，主要就是陪她聊聊天。

这老婶子身子骨还行，前些年摔了一跤，把大腿骨摔断了，再下不成地，其他的没啥大毛病。她儿女也都在外头，她躺在床上，总得要个人伺候个吃喝拉撒吧？好在她儿脑子活，每月寄回来几百块，说明白了，这钱就是给人伺候她娘的。村里也有闲着的老人，就几个轮换着过去伺候老婶子，那几百块钱，几个人分了。我当然没分这钱，我不缺钱，我去看老婶子，是老年协会安排下的。有时候去了，正好赶上她要方便，我也搭把手。

最主要的其实还是陪她说说话。我可知道这说说话的重要了。就像我，其实生活没啥缺的，缺的不就是个说话的人吗？我现在最遗憾的是，没给闺女们拉扯过娃。不是我不愿意，是她们用不着我。其实我知道，不是用不着，拉扯个娃费心思着呢，哪能用不着帮？是女婿们嫌我没文化，怕把娃拉扯不好。城里人养个娃金贵，不像咱乡下。

我跟这老婶子聊得可好了，说些老年前的旧话。她也信风水，信阴阳。她家院子里有棵老槐树，得有上百年了吧，老婶子跟我说，那树就是她的阳岁表，啥时候树死了，就是她该断气的时候了。

你说这话我该是信还是不信？不是我瞎琢磨，你说那树活了有上百年了，看架势，再活个几十年怕不是啥难事，莫非她老婶子还能再活个几十年？那不是成精了么？可老人的话有时候你就得信，你别看老人像是老糊涂了，有时候连人都分辨不清了，可说出的这种话，就都灵得很。所以我现在怪心虚的，每次去她家都要绕着那树看一看，我是真害怕呀，害怕哪天一进她家院子，就看到老槐树死了。

　　老婶子就这个话我是记到心里了。其他时候，她也真的是尽说糊涂话。从今年初开始，她不是把我当成她娘，就是把我当成她闺女。我也不跟她分辩，就顺着她说，她喊我娘我也答应，喊我闺女我也答应。有时候她哭得恓惶，真就是见了亲娘受下委屈的伤心样，我也就把她搂在怀里，摸她的头发，哄她，跟着她一块儿哭。

　　唉，人老了，咋就这么恓惶呢……

[老周]
—— 人要是金贵自己，才会金贵自己的身体

老周今年六十九岁，老伴儿和他同岁，两口子住在镇上。

老周有一双儿女，儿子几年前车祸去世了，女儿在县城一所中学做数学老师。去年夏天，老伴儿上厕所时突发脑栓塞，摔倒在地，自此以后，老周开始品尝到了老年生活的艰难。

本来老周两口子虽然都患有高血压、心脏病这样的慢性病，但生活完全可以自理，老伴儿发病前，他们老两口还在镇上开着一家凉粉店。老伴儿的凉粉做得好，十里八村的人都喜欢，还有城里人专门开车来吃的。靠着卖凉粉，老周两口子的晚年生活还算过得不错。当然，说是不错，也就是有个事做，不至于给女儿添什么太大的负担。这种平静的生活却在老伴儿犯病后彻底被打破了。

得了脑栓塞，抢救过来后，老伴儿不仅瘫痪在床，而且脑子也糊涂了，智力和表达能力，就像个几岁的孩子，需要有人全天不停点儿地照顾。现在老伴儿连吃饭、上厕所都不能独立完成，作息毫无规律，不分白天晚上，关键是还喜怒无常，动不动就无缘无故地

发脾气，好端端地突然就大哭大闹，有时候还自虐。

老周的女儿非常孝顺。老伴儿刚出院的时候，女儿怕老周一个人照料吃不消，就花钱在镇上给母亲请了个保姆。可老伴儿的状况根本和保姆处不来，太折腾人了。没干两天，人家就走了。这下可好，短短半年时间，女儿就找过几个保姆，就像走马灯似的，这个去了那个来了，就没有一个能干得长的。时间最短的一个，刚进门把包袱放下，就让老伴儿给骂走了。

照料老伴儿的重任就只好压在老周肩上了。老伴儿卧床不起，最怕的就是得褥疮，一晚上得起来三五次，帮她翻身。现在老周已经习惯了睡觉不脱衣服了，一天二十四小时，除了做饭、上厕所，老周对老伴儿几乎寸步不离。

真是快扛不住了！老周说。

半年多下来，镇上人都说老周苍老了许多。他们以为我是电视台的记者，要我多报道一下，说老周是位有情义的老汉，老伴儿瘫痪在床，没他细心服侍，可能一天都难活。

像老周面临的这种困境，其实是许多家庭的共性问题。中国老龄科学研究中心的有关专家表示，我国六十岁以上老年人的余寿中，有三分之二的时间段，是处于带病生存的状态。这意味着，疾病的困扰，几乎就是老人晚年的一个常态了。

让老周无助的是，现在好歹他还能照料老伴儿，可是万一哪天他也有个三长两短，万一也动不了了，可咋办？

采访的时候，老周不停地抽烟，不远处的病榻上，躺着他的老伴儿。老伴儿今天出奇地安静，静静地躺着，偶尔疑惑地望我们一眼。

老周说，难得她能像这会儿这么老实。

我知道老伴儿闹啥呢，其实她自己也难过，也急。她一辈子也是个好强的人，如今躺着不能动了，咋能不难过、不急？她这脑子一阵清楚一阵糊涂的，清楚的时候，看着我，嘴里说不清楚，也会呜呜呀呀地叨咕，那意思是难为我了。我就跟她说，难为我不算个啥，难为我就是难为她，她就是我，我就是她，我俩之间说不上个难为，就是自己的事。

最难为的，其实是我闺女。闺女孝顺啊，到底是读过书、做老师的人，她妈成这样，可把她熬煎坏了。闺女工作忙得很，她妈刚躺下的那会儿，她天天往回跑，县里离家有截子路呢，她下了班，赶回来天都黑透了，看她妈一眼，帮着料理一下，又得往县里跑。你说她回来这一趟也帮不上个啥，不就是心里放不下，想看上一眼。那段时间，闺女嘴上全都是泡，头发都白了不少，她才四十岁刚出头啊。

前前后后，换了几个保姆，都是闺女给找下的。现在保姆难找着呢，尤其像我们家这样，也给不出太多的钱。就是作难了一个闺女。其实头一个保姆，还跟我家沾点儿亲戚，是远房的一个侄孙女，就这都弄不成，我就知道，靠保姆这条路算是断了。可闺女不死心，连轴转，不停地找，后来都像是磕头作揖地求着人家来当保姆了，咬了牙，一个月给开一千块的保姆费。这可是闺女能拿出来的最多的钱数了啊。

儿子死得早，原先我还以为老年丧子，就苦了我们两口子，没承想，到头来却苦在闺女头上。

一个月出一千块保姆费，这是在榨我闺女的血啊！女婿也仁义，也支持我闺女给老人行孝，可他们也谈不上富裕，也就是挣个死工资的人家，还拉扯个正在读书的儿子呢。我们老两口，每人每月只有五十五元的养老金，一年光看病的钱就得三万多，虽然都加入了新农合，但一年下来光自费的医药也有两万多。这窟窿谁来补？可不就是闺女一家吗？这两万多，差不多就是闺女一家三分之一的收入啊。这才只是个看病的钱，再付个保姆费，闺女一家都得揭不开锅了！

可闺女说她就是借钱，也不能不管父母。

就这，还是弄不成，给开一千块保姆费，人家也还是没人干。这不怪人家，我这老伴儿是折腾人得很，嘴里骂不清楚，她就拿唾沫吐人家，谁凑到跟前都先得提心吊胆着，生怕她给你吐上一脸。你说她糊涂吧，其实我倒是知道她，她心里明白着呢，她不要保姆近身，这是她疼闺女啊，知道这些保姆挣走的都是她闺女的血汗钱。

咋办？好像最好的办法就是让我来伺候了。

当然该我来伺候。我没啥说的，累死累活也是该当的。

可是闺女不落忍呢，这就提出来要提前退休，说退休了回来伺候她妈。这哪是个办法？她才四十出头，起码还能工作个十几年呢。她做老师的，那工作也体面，咋能为了我们老的，一下子说不要就都不要了呢？提前退了休，工资一下也要少拿得多了，她那个家咋办？眼看着外孙子也要上大学了，这经济的担子，不就全甩给女婿了吗？真要那样，闺女家也算是被我们给拖垮了。

老辈人的家垮了，就再拖垮娃们的家？这事不能这么弄呀。我们老了，离死还有几天？要垮就让我们垮算了，娃们的日子还得过下去嘛。

我那女婿人真是好，人家还是个国家干部呢，在县里的税务局工作。现在每到周末，就跟闺女一起回来，帮着我伺候老伴儿，有时候把孙子也给我们带回来。按理说，孙子回来，是让爷爷奶奶心疼的呢，可我们这俩做老的，哪还疼得了孙子嘛，没那个余力了，反倒让孙子疼起我们来。家里摊上事，连孙子都懂事了，回来也是跑前跑后地帮着大人做家务。他们爷俩力气大，每次回来就把我老伴儿抬着到伙房给擦洗身子。也没个啥避讳了，把他姥姥脱个精光，爷俩一个扶住身子一个用水给擦洗。你说我这老伴儿真糊涂了？为啥她就从来不吐她女婿和孙子？

她倒是也吐我，连闺女都吐，但她就是不吐女婿和孙子。

为啥，我跟她闺女是自己人，她心里急，吐我们多少还有个跟自己人使气的意思，就像个娃娃，给自家人撒娇呢嘛。也不是说她不拿女婿、孙子当自家人，是她心里头更不落忍呢，知道苦了这女婿，知道苦了这孙子，让她拿这俩人出气，她做不下。

前些天女婿回来，我给表了个态，我说我打死也不赞同闺女提前退休。女婿不说话，埋着头光抽烟。可怜了这娃，我这话他的确是没法接。闺女要提前退休，对他肯定是个难心事，可他又不能开那个口反对，一反对，好像就落下个不孝的指责了。这话只能我来说，我不能让人家左右为难。女婿啥也不说，进伙房炒了两个菜，拉着我喝开酒了。我们爷俩喝了有小半瓶酒，喝到后来，女婿眼睛就红了，我的心里更像是被刀子搅一样。

许是酒给烧的，我跟我女婿就说了个心里话。我说：娃，你爹这辈子值了。咋叫值了？老了老了，作下这么大的难，本身是个坏事情，可这坏事情又让我领受了晚辈的孝心，我这心里暖着，就比许多人有福气。福气是个啥？不是活得没灾没难，是活得有了灾祸的时候，娃们不嫌弃，也拿心来帮着你一起煎熬。

酒这东西可是好，自打老伴儿躺下后，我心里没有一天像那晚上这么敞亮过，好像一下子就想通了，就啥也不当回事了，就啥难也不是难了。

当然，第二天酒劲散了，事也还是个事，难也还是个难。

——您老烟抽得太凶了，少抽点儿。

我也知道抽得太凶了，前几年就检查出慢性阻塞性肺病了，经常喘不上气来。医生也让我少抽烟。本来都抽得少了，可这一年又抽得凶了。

心里烦闷嘛。

要说戒烟这事情，肯定是好事情，对身体好嘛。人要是金贵自己，才会金贵自己的身体。人要是不金贵自己，你也难让他金贵自己的身体吧?镇上的老王,那也是个老烟枪,抽了一辈子的烟,比我抽得还凶,一天得三包烟,都让他少抽点儿,可是再说都没用。前几年,他儿在县里当上局长了,结果消息刚来,老王就把烟给戒了。为啥?觉得有了个当局长的儿子,自己的命就一下子金贵了!就该爱惜上了!

就是这么个理儿。

是歪理儿,可咱现在只能认个歪理儿。

儿子车祸死了那年,我的烟就抽得特别凶,还是烦闷嘛。当时就觉得是过不去了,人一下子没个盼头了,觉着活也活不出个啥意思了。可是你看,几年过去了,这股烦闷劲儿也就消散了。

人,其实只有个享不了的福,没有个受不了的苦。

相比儿子的死,我觉得老伴儿这病更拿人。人死了,它再难缠,也有个头,过个几年,也就慢慢淡下来了,可老伴儿这病,你不闭眼,它就没个完。当然也不是没个完,死了就完了。

我动过一死了之的念头。儿子死的时候我动过,可当时老伴儿给我宽心,说娃死了,我们还得好好活着,这样娃在九泉之下也安心。那时候是我发泄,老伴儿啥都忍着,反过来还要给我宽心。现在就轮到我来给老伴儿宽心了。我这就懂了当年老伴儿的不容易,自己心里苦着,还要哄那个叫唤的。

虽说人老了,总会有动不了的那一天,可那一天没到跟前,就都觉着离自己还远得很呢,谁知道说来就来了。老伴儿没犯病前,有个几年,日子过得还算太平,虽说没了儿子,但闺女女婿孝顺,我们老两口也还能动弹，还能卖个凉粉，日子不宽裕，可以过得安稳，不种地，不纳粮，平平安安。可那时候就没觉着是个幸福，现在老伴儿瘫下了，才知道前面的日子有多宝贵。有了个比较，才知道啥叫身在福中不知福。

老伴儿没瘫痪前，闺女一家还领我们旅游过一趟，去的是九寨沟，美着呢。可是山山水水的，对于乡下人来说，也不是多稀罕个事，可你要是去旅游，专门去看，山山水水就都成了美景了。这就是心里头的念想不一样，念想不一样了，风景也就不一样了。

所以人心里的想法最重要。

我悟出了这么个理儿，现在啥事就都换个想法儿看。老伴儿瘫了，我就想，好在我还没瘫，要是比起来俩人都瘫了，那一个现在瘫了就算是个好日子。

两个都瘫了咋办？到那时候再咋办？再用啥换想法？还有比俩人都瘫了更日弄人的日子没？我想是有的，人这一辈子，吃苦是个无底洞，没有个底儿，只是没撞上，咱还不知道。

本来儿子在我心里都淡了，可这些日子我又常想他了。不由我，老伴儿嘴里儿儿儿的叫呢。她可以嘴上叫，我却只能心里想着，还不能透露出来。你看，这会儿我们老两口要是都喊死了的儿，不是给闺女添忧愁吗？好像是闺女把我们亏下了，我们这才喊儿呢。

不能喊。忍着。

── 城市 ──

[曹姐]
—— 他们活了一辈子，知道盐打哪儿咸，醋打哪儿酸

曹姐今年七十岁。即便七十岁了，这位终身未嫁的老人也喜欢人们叫她曹姐。

年轻时为了照顾患病的母亲，曹姐耽误了自己的青春，错过了一次又一次嫁人的机会。在她四十岁的时候，收养了一个七岁的男孩。如今养子也已经长大成人，并且娶妻生子，留下曹姐一个人住在城里一套上世纪八十年代的老单元房里。

曹姐一辈子在一家街道办的小织带厂工作。厂子早就破产了，曹姐早早下了岗，领了很多年的下岗失业金，到了退休的岁数，才领上退休金——比下岗失业金多几百块，一千出了头。

现在的曹姐，面容清瘦，头发花白，身体还算健康，起码没有什么十分明显的不适。但是曹姐知道自己的心脏不好，她说：不用去查，我也知道。

街面上常有卖医疗用品的商家搞宣传，会免费给老年人做些简单的体检，就是量量血压、听听心脏之类的。因为是免费，曹姐

就去"检查一下身体"。检查的结果都不好,曹姐也不懂,但对方会告诉她一些医学上的指标。对此,曹姐并不全信,她有自己的判断,认为商家在街上卖产品,当然要说来检查的老人身体有毛病,这样产品才能卖得出去啊,不过是一种营销的策略。所以曹姐并不太在意检查的结果,"只是参考一下,不能全信"。

如今曹姐的每一天都过得简单而枯燥,无非是买菜,擦洗房间,烧火做饭,一天两餐。曹姐把房间收拾得一尘不染,甚至自家门外的楼梯扶手,她都要每天擦拭一次。采访结束后,送我们出门的时候,她随手在楼梯扶手上一抹,说:你看,一点灰都没有。

母亲是曹姐一生最重要的人,母女俩的生命重叠在一起,成为彼此抹不去的阴影。在某种意义上讲,曹姐今天的晚景,都与她的母亲有着直接的关系。直到今天,老太太的灵魂似乎还充满在曹姐居住的这套房子里。小饭厅的桌子上摆着老太太的遗像,曹姐身上穿着的夹袄是母亲的遗物,老太太在世时留下的一些陈年杂物,曹姐也舍不得扔。母亲当年睡过的小床一直都是老样子,只不过如今换了曹姐睡在上面,母亲当年听过的收音机,如今放在曹姐枕边。

时空仿佛在这个家重叠,不过是物是人非,当年的母亲置换成了今天的曹姐,吃穿用度,全是老东西,不同的只是,老年的曹姐,身边再没有另一个终身相伴的女儿了。

大门的背后,挂着一本日历,上面记着曹姐生活中的一些"大事":何时去银行打了退休金,何时交了煤气费,何时志愿者送来了米和油……

采访中电视一直开着，里面在播"非诚勿扰"这类的相亲节目。曹姐一边看，一边还会发些议论。电视里声音嘈杂，但似乎掩盖不住曹姐床头那只摆钟发出的滴答声。

摆钟滴滴答答地走着，每一秒都滑向苍老。

在电视上见一面就能定了终身？我看悬。虽然我一辈子没嫁过人，但也知道，人这一辈子，婚姻是件大事。

我是个遗腹子，我妈怀我的时候，我父亲就因为一次事故去世了。我父亲是做地质勘探的，就是在野外工作的时候，遇到了塌方事故。

这本来是我妈的命不好，可当时我已经怀在她肚子里了，就也成了我的命。

我妈是个家庭妇女，没多少文化，嫁了父亲这么个"知识人"，心里别提有多高兴，觉得自己幸福死了。就是这种幸福感太强烈了，所以父亲这一走，才对她造成了天大的打击。自从生下我后，我妈的身体就没好过，勉强把我拉扯大，我刚进街道工厂那年，她就一病不起了。她好像是盘算好了，也可能是看我能糊口了，她的劲儿一下子就松了，反正就此不再操劳尘世的事儿了，就病在床上，整天开始回忆我父亲——这成了我妈余生全部的工作。

现在看，我妈这一辈子倒也不算太苦。你想，整天躺在床上，啥心也不用操，光回忆过去的幸福，不是一件很舒服的事吗？我们孤儿寡母的，社会上反而不怎么找我们的事。其实我妈的家庭出身也不好，解放前家里是户做小买卖的，算是小业主，但那些年搞运动，今天一个，明天一个，家家都受牵连，我们这个家反而风平浪静。人家早把我们娘俩忘掉了，这也是不被人重视的好处。就是说，我们这个孤儿寡母的家，和社会一直隔膜着，好像无论社会上怎么天翻地覆，我们关上门，就都和自己无关了。

这门关上了外面的风浪，也就关上了外面的雨露。

时间长了，我和外面的世界也隔膜起来。我们那个街道办的小工厂，生产棉布带，工人都是女的，从厂里回来，家里就只有一个老妈，我的生活里很少有男人出现，心理上好像慢慢地对所有男人都有些排斥。我也说不清是为什么，总之年轻的时候，一见到男人，我就紧张得要命，挤在公共汽车上，都尽量离男人远一些。

现在好一点儿了，因为现在我也已经不把自己当女的了。

我妈也劝我找人嫁掉。她劝得不咸不淡，在我看有点儿口是心非，其实她心里，也觉着就我们娘俩过着也好。我自己呢，如果要找个人嫁出去，一来自己不适应，二来接触男人的机会也不多，所以也基本上不动那心思。我妈的身体要说什么致命的恶疾倒是没有，但就是体弱，干不了重活儿，有时候精神差，没人伺候，一口饭都没力气自己喂到嘴里。她离不了我。这样一来二去，婚姻这事，就离我远了。

也有人给介绍过几个，有的男方倒不嫌弃我妈的情况，可是接触了接触，总是阴差阳错，最后都没成。现在想，主要的问题在我身上，我一直有个说不清道理的心思，我觉得我父亲死之前把我留在我妈肚子里，就是为了让我一辈子来陪我妈的，我命里注定不能有一个自己的日子。

四十岁的时候，我妈和我商量，说我眼见着这辈子是要一个人过了，以后没人养老送终可不行，让我收养一个孩子。厂里的姐妹知道后，给我领来了个男孩儿。这孩子是厂里姊妹家的亲戚，家里父母也是遭遇了事故，双双死了。按说收养孩子，越小越好，孩子不记事，以后才能养成亲的。这孩子当年都七岁了，别人都说大了些，怕是不好贴心，可我最后还是留下了。因为当时我差不多就没想着这是为了以后给自己找个养老送终的人，养不养得亲，心里就没有太多盘算。而且，养个更小的，好是好，可也更费神劳力，七岁的孩子，喂口饭，就能自己往大里长了。

这孩子也懂事，进门后，对我还有些认生，对我妈却一点儿也不觉得生分，我不在家，还知道给奶奶端茶送饭。他是个好孩子。就是命也不好，从小没了父母，到我家，虽说没给他苦吃，可也毕竟是到了个条件不好的家庭。我就那么点儿工资，养活一家三口，吃穿上勉强度日是能想到的。而且我文化也不高，只是个初中毕业。孩子的学习，我也根本帮不上忙。

所以这个儿子也只念到初中毕业。

初中毕业后儿子去当兵了，三年回来，就开始四处打工。这孩子人老实，没有城里年轻人的坏习气，到哪儿，都是认认真真地工作，人踏实，不油滑，受领导们喜欢，所以，在城里找个饭碗也不算很难。后来找了个农村来的媳妇，现在孩子也十岁了。

当年我收养他，没抱着给自己养老送终的打算，现在也没有这个念头。

不是不想，也不是孩子不孝顺指望不上，是他现在过得也不容易，没有给我养老送终的能力。到现在，他住的都是租来的房子，要想在城里买套房子，根本是不敢想的事。我倒是也愿意让他们一家三口回来和我一起住，可是他媳妇不怎么愿意，宁可自家掏钱在外面租房住。这一点我理解他媳妇。我这一辈子也有这个毛病，就是孤僻，和不怎么亲的人挤在一起，心里面就很不自在，不是嫌弃谁，是自己太封闭。他媳妇是从农村来的，性格也很内向，少言寡语，我想，大概和我的毛病差不多。

我住的这套房子，地段还不错，年代也久了，说不定哪天就要拆迁吧，拆迁了，就能分套新房，到时候如果我还活着，我就搬出去，让儿子给我租间小屋，新房让他们一家子住。之所以现在不这么做，是因为这套房子我妈住过，老太太就是从这房里走的，我不能把她搬出去，她的魂儿离不开。以后房子拆了，就由不得我了，我们搬出去，老太太也不会怪我，反正到哪儿，我都带着她，她都跟着我。

能给儿子留下一套房，这也就是我唯一能留给他的遗产了，也不冤枉他进我家门这一遭。养老送终，终究是我自己的事，儿子他只需要帮我把我的骨灰和他奶奶的埋在一起就足够了。我已经买好了一块墓地，幸亏买得早，当时还便宜，只要了八百块钱，现在听说这块墓地要三万多了呢。阿弥陀佛。

我妈的骨灰还没下葬,现在放在殡仪馆里,就等着哪一天我陪着她一起入土。

——您觉得现在生活里最大的困难是什么?

好像也没什么格外的困难。我这一辈子没顺利过,所以也就没困难了。我没有什么奢望,吃穿不缺,好像就这么过下来了。

现在就是觉得孤独。

以前我一个人在家,不会觉得有什么难熬,最近这几年慢慢有些在家里待不住了。晚上还好,晚上阴气重,我妈好像就回来陪着我了,有时候我觉得她就躺在床上和我一起看电视,身边儿热乎乎的,有个人儿。白天就没有,白天我特别能感到是我一个人在家。不光是在家,还是一个人在这世上。

我很想把孙子接过来,这样也是替儿子分担一些负担。可儿子不同意,说是怕太劳累我。其实我知道,怕我劳累是一个方面,怕我带不好孙子也是另一个方面。我也承认,我带不好孙子。现在拉扯一个孩子,不光是吃饱穿暖的事了,最重要的是孩子的教育。我没办法教育好孙子,所以这事我就不能勉强了。

只可惜儿子租住得离我太远,要不我替他们中午接送一下孩子上学也好。楼上邻居有时候没时间,都让我帮过这样的忙。邻居说麻烦我了,一口一个感谢,他们不知道,帮这忙,其实是帮了我自己。有个事情做,对我是个排遣。我站在学校门口替别人家等孩子,就像等自己家的孩子一样。学校门口放学的时候人多,挤在里面,抬头踮脚地张望,我就忘了自己其实是一个孤老太婆了。

人老了性情就变了。以前我这人特别不爱和人打交道，也不善于和人打交道，邻里之间，我知道大家都认为我是个不爱和人打交道的主。可这几年我很想和人说说话，但一时也学不会，有时候我在楼下坐坐，见人点个头，其实是想让人家和我说几句话。和我说话的不多，也就是回点个头。

楼下总有一群老年人扎堆儿，老太太们聊天，老爷子们打麻将、下象棋，我就下去也想参加进去，可是人家一说到自家的事情，我就插不上嘴。不是我不想发表意见，可人家说的都是家长里短，我觉得自己接话羞愧得很，好像是个爱探听别人家是非的人。我一辈子都学不会这些。我就去看老爷子们打麻将。我不会打麻将，但看了一阵子后，我也知道是怎么个玩法了，闲着了，心里头都是牌局。有时候我在背后看，谁打错牌了，我也跟着着急，心里面懊悔得不得了，有时候别人赢了，也就是个几块钱，我也高兴得不得了，好像是我自己赢了一笔大钱。

这事我跟儿子说了，儿子说：妈你要是喜欢打麻将，哪天我找两个人来陪你打一次。这也就是说说，你真让我坐到麻将桌上，我肯定又不想玩儿了。上不了台面的，我这人一辈子上不了台面。

这么多年，没少有人试探着给我介绍老伴儿，尤其这几年，来跟我说这事儿的人反倒特别多了。我想这是因为老伴儿走了的人多了。但我没法再走出这一步了，一想到要和一个陌生人住在同一个屋里，我就害怕。我现在害怕孤独，但是已经没有和人同屋相处的可能了，这种可能，我一辈子也没有学会过。

我妈活着的时候，对我说，她这辈子，欠我一个父亲，我这辈子，欠她一个女婿，弄来弄去，反倒都是我欠下的了，可是谁欠下我的了呢？

街口那个万达广场现在是我爱去的地方。里面热闹，夏天里面的空调也凉爽。地下一层是家大超市，沃尔玛，我经常一个人在里面慢慢地转，也不买什么东西，就是看看什么东西打折了，什么东西涨价了。所以现在的物价我最清楚。有时候家里没盐没醋了，其实楼下小卖部也能买到，但我还是愿意去大超市里买。下趟楼，东西买上来顶多几分钟，去趟超市，我可以转一两个小时。难熬的时间就这么打发掉了。

在超市里，你就能感到现在人的日子好到什么程度了，尤其是年轻人，大包小包地塞进推车里，一结账就是成百上千的。我发现，手紧的都是老年人，有不少和我一样的，在里面看得可仔细，但转一圈下来，手里就是一包盐或者一袋醋。年轻人嫌结账的队伍排得长，哪儿的队排得短一些就推着车子往哪儿跑，可老年人都安静地排在最长的队里，越磨叽越好，时间不就这么混过去了吗？

我知道，这盐和醋，不是老人的目的。他们活了一辈子，知道盐打哪儿咸，醋打哪儿酸。

万达广场里有凳子坐，可是人家要买杯饮料才让坐。我转累了，就在上面坐一会儿，人家不赶我走，我不买饮料人家也让我坐，因为见我眼熟了。我就坐在那里，看人来人往，看花花绿绿的小姑娘。

[老杜]
—— 都这岁数了又怎样？都这岁数就可以不要脸了吗？

老杜今年七十一岁。

老杜是我唯一没有直接面对面交流的受访者。

接受采访的杜先生，是老杜的儿子。朋友知道我要写关于空巢老人的书，给我介绍了杜先生，说杜先生的父亲，值得我去关注一下。见面后，杜先生对我说，他家这事，往重了说，都算是家丑了，如果不是朋友介绍，他才不会接待我。

一个多月前，独自在家的老杜喝下了大量的安眠药。幸亏当天儿子恰好回家探望他，否则后果不堪设想。

被抢救过来后的老杜始终保持沉默，最初的几天还表现出强烈的抵触，狂躁，基本上不配合医院的治疗。为此，医院对老杜上了一些强制性的手段，将他的手脚控制住，强行用药。

医生说，引发老杜自杀行为的罪魁祸首，是重度抑郁症。

我试图和老杜交流，但躺在床上的老杜转过身去，只留给我一个孤独而倔强的背影。在他的床头，是一大堆治疗抑郁症的药物。

一束阳光照在老人身上，时间仿佛停滞了一般。

提起一个多月前的事，杜先生心有余悸，看得出他依旧陷入在深深的自责中。他说他之所以同意我们来到他父亲面前，是想着如果能促使老人和人交谈，对老人的心理治疗可能也是一件好事。现在只要是可能对老人的心理有益的事，他都愿意尝试。

老杜是南方人，大学毕业后支援大西北来到了甘肃。老伴儿在二十多年前去世，给老杜留下了一儿三女。三个女儿如今都生活在北京，和老杜同在一座城市的，是在公安局工作的大儿子杜先生。

老杜的经济状况不错，在处级干部的岗位上退休，每月有五六千元的退休金，医疗费用差不多也可以得到全额报销。四个子女如今都算得上是中层收入者，只要父亲需要，拿出几万乃至十几万来孝敬父亲都不会勉强。

让老杜晚年陷入精神困境的，在杜先生看来，是接连不断的疾病。

七年前，老杜被查出有高血压等慢性病，三年前又患上了哮喘，为此儿女们没少操心，三个在北京的女儿专门把老杜接去治疗过。但是效果一直不是很理想，老杜的体重从以前的七八十公斤降到了现在的五十多公斤。老杜对儿子说过，他觉得自己余生的全部意义，似乎只剩下和疾病作斗争了。

不知道是病情使然，还是掺杂了复杂的心理因素，老杜的身体状况越来越不好，大量的服用药物，使得老杜开始便秘。最严重的时候，需要去医院进行灌肠。这仿佛击穿了老杜自尊的底线，他常常给儿子抱怨说：裤子说脱就得脱下来，活着真的就没有了尊严。

尽管对父亲很操心，但父亲的心理感受却没有被杜先生足够地重视。杜先生说，他根本不曾料到，父亲会因尊严的受损而选择自杀这样酷烈的行为。

对于抑郁症，如今的城市人似乎并不陌生，但这种心理疾病的医学指标，却不是人人能够掌握的。尤其是老年人的心理问题，往往更容易被忽视。在许多人看来，性情乖僻，似乎是所有老人的基本特征，没什么可大惊小怪的。晚辈们也懂得尽量使老人精神愉快一些，但如何让老人们精神愉快，老人的精神怎样才算愉快，却并不像照顾老人的物质需要那么直观。

父亲这次自杀，让杜先生开始关注起这个问题，从有关专家那里，杜先生获知，在企图自杀或者实施自杀的老年人中，绝大多数是由抑郁症引起的。

老年人是抑郁症的高发群体，肉体疾病的增多本身就可以导致抑郁症的发生，而几乎所有的儿女们，都只是把焦点聚焦在父母肉体的疾患上面，有什么病治什么病，联系不到因那些病还可能促发出老人精神上的疾患。

要命的是，在治疗身体疾病的时候，某些药物也会直接导致抑郁症，还有脑血管方面的疾病，本身就会导致抑郁症。这些知识，以前我们哪儿知道？

我父亲走到这一步，当然是我们做子女的责任。我现在想，让父亲一个人生活，真的是一个错误的决定。我父亲一辈子要强，虽然在公安部门工作，但骨子里是个读书人，文革前毕业的大学生，那是有真才实学的一代人。这种人人格独立的意识格外强，当初我请他和我们一起住，他自己拒绝了，我想还是尊重他的意愿好，那样可能他活得更自在一些，谁知道会搞成今天这种地步。

父亲做出决然的事，和他的病脱不了关系，但现在我想，空巢生活也是一个重要的因素。在他而言，长期一个人生活，缺少有效的交流，一个人肯定容易在思想上走极端；在我们而言，如果生活在一起，肯定也能观察到父亲情绪的异常，会适时进行干预，帮着他克服心理上的抑郁。不在一起生活，我也只是偶尔会觉得父亲的情绪不高，心想老年人，可能多半都是如此，你让他们像年轻人一样的情绪高涨也不现实。基于这种想法，我也就没有特别当成一件大事。尤其像我父亲这样的人，一生明白事理，我总认为没有他想不通的道理，你过多地干扰他，他反而会嫌烦。加上家里经济状况也不错，我们几个子女有个固定的思维模式，老是认为在物质上最大程度地满足老人的需要，就万事齐备了。

现在想，我父亲的症状不是没有苗头。我陪他去医院灌肠，每次他都阴沉个脸，我还和他开玩笑，说他都这岁数了，还是个男同志，怎么比个小姑娘还爱害臊？他当时就生气了，大声质问我：都这岁数了又怎样？都这岁数就可以不要脸了吗？我当时也就是一笑了之。

去年十一长假，我带他到黄山玩了几天，在山上面，我让他看云,他说跳到里面才好,我让他看松,他说吊死在上面才好。当时我怎么就没警惕?

我们一直商量着给他请个保姆,但他一直拒绝,说自己还能动,不愿意让人伺候。退休后,他特别不想让人觉得他已经没用了。以前他有些职务,社会活动不少,但退休后,和社会的关系就阻断了,心理上肯定不会很适应。这时候,他就特别敏感,所以请保姆这样的事情,在他看来可能就算是"没用了"的一种象征,所以他才极力反对。当然,这些也都是我现在思考出来的。

父亲不愿意请保姆,拒绝和我们一起生活,表面上看,这是一个还能够自理的姿态,也是他人格的自我维护,但是这种姿态,实质上已经是在和他自己较劲了,或者说,他这是在和自然规律较劲。他不服老,拒绝被人以老相待,实质上,却是一种对衰老的恐惧。

想一想,我父亲这辈子,做的不少事情,也许都是和他内心的需要相反的。我们都对他有个误判,认为他人格独立,有时候特立独行,反而是一种个性,这种个性受到了我们儿女们的尊重,因此,我们谁也没认真想过,他在保持自己个性的同时,独自吞下了多少难言之隐。

就说续弦这事,我母亲去世得早,那时候我刚刚上大学,我父亲也就是我现在这年龄吧?按理说,我父亲的条件是很不错的,重新找一位妻子,应该不是件难事。但他却一直就这么独身下来了。现在看,这未必是他的真实意愿。我们做子女的,当年虽然不会阻止父亲重新成家,可是从心理上,还是倾向于父亲最好不要给这个家领进来个外人,而父亲也表现出了他的"不俗",果然就没有走这一步。当时看,这好像是个让大家都愿意看到的结果,全家人因此其乐融融,但今天我也是这个岁数了,我认为我理解父亲了——谁不想身边有个伴侣?父亲当年的选择,也许更多是出于对我们做儿女的某种配合。他用这种方式,博得了我们的尊重,但他内心斗争的程度,却没有被我们充分理解。

父亲也不会向我们诉苦,那样就不是他的风格了。

总之,人格独立,自尊自强,是我父亲已经习惯摆出来的姿态,也是我们多少年来已经接受了的父亲的形象。

谁能想到呢,这个形象一旦撑不住的时候,会坍塌得这么剧烈,哗啦一下,从一个极端就到了另一个极端。

父亲的脆弱其实这几年已经表现出来了,只是没有引起我们足够的注意。

前几年父亲养了条小狗,伺候得可真是用心,天天牵着狗上街遛弯儿,给狗洗澡,给狗做猪肝拌饭。后来小狗被车压死了——院子里的人倒车,没看到狗在车后面。我父亲为此伤心了好多天,还郑重其事把小狗埋在楼下的花坛里了。我们都只是觉得父亲的伤心有些夸张,小题大做,有些不大符合他多年来那种理性的作派,可谁也没想到父亲空巢生活的孤独。

后来我说我再给他要一只狗来,父亲拒绝了,说万一再有个三长两短,他受不了。

我一般每个周末都会带着孩子回来看父亲一次,以前回来,父亲还热衷和我聊聊国家形势，聊聊国际动态，有些见地也还很精辟，但是这几年就不聊了，见到我笑脸都少了，只有看到孙子的时候才好像有些兴致。这些都没有引起我的重视。

我想这个过程一定很漫长，父亲是一天一天累积到爆发的。

可我们却都熟视无睹。

——想过接下来怎么办吗？

当然是先把父亲的病治好。抑郁症这种病，原先在我们看来，可能就是一个纯心理上的病，不像癌症什么的疾病那么可怕，有时候觉得感冒咳嗽都比这病值得重视，但显然这种想法是错误的了。老人的心理健康，其实比生理健康更重要，心理上健康，有病他也会是乐观的，否则，他就是身体再好，也会有厌世的风险。

除了药物治疗，精神关怀当然很重要。我现在已经暂时搬回来住了，想着短时间内如果不能说服父亲过去和我们同住，我就先在这里陪父亲。总之我再也不敢留下父亲一个人过这种空巢的日子了。父亲现在的状况，根本离不开人，我也不敢离开，找个保姆替代我，我都不放心。而且父亲也很抗拒请保姆，好像那样他的软弱就被外人看到了，更让他无地自容。现在对我他已经算是妥协了，并不赶我走，这样就算很不错了。他这算是退了一步，可是在我们心目中，这就是天大的转变，就像一个铁汉，突然在一夜之间变成了婴儿。

现在也只有我适合陪在父亲身边。我能感觉到，我们父子俩好像从来没像今天这样亲近过。父亲老了，就好像成了我的孩子，而他，似乎也已经开始渐渐接受这种角色的转变。

医生说阳光是治疗抑郁症的良药，现在每天早晨我都陪父亲连续散步一个小时，让他好好晒晒太阳。医生们说阳光是极好的天然抗抑郁药物，而且早晨的阳光效果最佳，躺在窗户朝东病房里的病人不服用药物，都要比躺在窗户朝北的病房里的病人身体康复早几天。这不，我已经把我父亲的床搬到东边儿窗户下面了。

和人交际也是一种重要的抑郁症治疗手段，所以我才希望父亲愿意和你聊聊。可是你看，他还是拒绝。出院后，他只和我说话，我也没有惊动太多人，我想，要是他的老同事都跑来看他，对他的精神压力可能会更大。

父亲得了抑郁症，看待世界的方法肯定是戴着有色眼镜的，有个"三A疗法"，就是明白、回答、行动，这三个词的英文字母均以A开头，所以叫"三A疗法"。"明白"是指需要让患者承认自己精神上忧郁，注意自己的情绪变化，注意言行举止有无异常，以及感觉思维的差别和身体反应等。我觉得做到这点现在格外难。让一个老人承认自己不愿意承认的事实，真的是太残忍了。

可是又有什么办法呢？人的一生就是这样需要不断地认识自己，认识自己的软弱，认识自己的残缺。

要说人从生到死，婴儿时期最脆弱，可那时候人不需要担负对自己的判断，到了老年，在某种程度上人也和婴儿一样脆弱了，但社会还是要求老人如此认清自己。

所以我觉得，我父亲现在，才是他一生最脆弱的时候。你看看他躺在床上的背影，多孤独……

[李老夫妇]
——在孤独中，人的尊严也会丧失干净

李老今年七十岁，老伴儿六十八岁。

退休前，李老夫妇都是省城电子研究所的研究人员。良好的家庭环境，在培养子女的问题上，充分体现出了自己的优势。李老的两个儿子，曾经是、如今也是他们老两口的骄傲。夫妇俩的两个儿子，都考上了北京的大学，一个毕业于中国人民大学，一个毕业于清华大学，之后继续深造，取得了高学历后，如今都在北京定居。

在世俗意义上，有这样的两个儿子，对于任何家庭的长辈来讲，此生都应当算是功德圆满了。而"功德圆满"，也是李老在接受我采访时，除了"理性"这个词以外，最喜欢说出的词语。

但是在我听来，这四个字从李老嘴里吐出，却并不尽是欣慰的情绪，相反，多多少少还有些自我劝慰式的唏嘘。

李老的表述，在我访问到的老人中最有特点，长期的科研思维，使得他的表述极富逻辑性，但又并不显得刻板机械，反而更有一种可信的抒情力量，已至结束采访后，我对他笑言：李老您具有诗人的气质。

李老哈哈大笑，说：科学本来就是有诗意的。

两个儿子远居北京，李老夫妇的老年空巢生活，过了将近有十年了。起初，一切似乎都还和谐，充裕的养老金足够老两口安度晚年，那段时间，两位老人还经常出门旅游，过着逍遥自在的日子。但是，随着时光的流逝，这对在抚养子女上"功德圆满"的老人，却越来越感受到了垂暮生命的重荷。

两位老人的身体一天不如一天，尤其到了最近两年，更是每况愈下。李老患有严重的心脏病，老伴儿患有严重的高血压，日常生活中，老两口是彼此的医生，一个替另一个量血压，一个监督另一个按时服药。老两口知道控制病情的重要，心里都很清楚，一旦其中的一个倒下了，另一个都没力气将对方背出家门，而且，另一个也势必会跟着累倒。

这种担忧在今年年初得到了证实。

当时李老的心脏病突发，幸亏邻居帮忙，打电话叫来了120急救车。老伴儿也想跟着急救车一同上医院，被邻居好说歹说地劝住。邻居也是好心，担心老太太跟到医院去只会把自己也急出毛病来。老伴儿留在了家里，可是当天晚上，一个人在家的老太太突然感到天旋地转。依靠平时掌握的医疗常识，老太太理智地没有进行多余的挣扎，而是就地躺在了地板上。躺下后老太太就感觉到完全动弹不得了，整个身子已经完全不受自己的支配。她说，那一刻，她认为自己要完了。就这样躺在冰冷的地板上，直到黎明时分，老太太的病情才渐渐缓和。她始终不敢动，更不敢睡着，她怕自己一旦睡着了，就再也不会醒过来了。等到第二天，邻居发现了，也是喊来了120，后脚跟着前脚，把老太太也送进了医院。

这件事情发生后，李老夫妇的空巢生活正式敲响了警钟。

我们不是没有想过去北京和儿子一起生活。以我们俩的收入，即使生活在北京，也不会给孩子们增添太多的负担。但是北京的情况太特殊了。除了"北上广"，孩子们在任何一座城市生活，我和老伴儿的晚年都不会遇到今天这样大的困难。

两个孩子目前在北京生活都算稳定，也都买了自己的房子，这样已经算是"功德圆满"的事了。但要说宽裕，却绝对算不上。两个孩子买的房子，都是一百五十平方米左右，合计下来，这两套房就将近一千万了。买完房子，他们的人生基本上就被套死在那一百五十平方米上了。因为太不容易，孩子们的心理上，就格外爱惜自己的小家庭、小日子，这种心理，也可以说是自私，但我和老伴儿都能够理解。按说一百五十平方米，除了他们各自的一家三口，也够住下我和老伴儿了，但孩子们谁都不主动开口请我们去住。

有一年过年，全家人都在，两个儿媳妇用开玩笑的方式互相说：现在国家人均居住面积的小康标准是三十平方米，如果咱们谁家再挤进两个人去，立刻就生活在小康线以下了。也许是说者无心听者有意，我和老伴儿当时只能相视苦笑。

也许生活在北京，这条"小康线"就是孩子们潜意识中的一个底线，击穿了，在心理上就是对于他们人生价值的否定。他们好不容易在北京立了足，过着还算体面的"小康"日子，我们不能去扰乱他们的生活，给他们成功的心理抹上一条阴影。而且一个家庭，成员之间需要相对私密些的空间，这个观念我们老两口也是有的，让我们和孩子们挤在一起，我们也会替孩子们感到不便。

还有个办法，就是我和老伴儿在北京租房住。可是怎么盘算，这样都不可行。即便我们住在北京了，儿子就在身边，可日子一样是我们老两口自己过，还是空巢家庭，顶多周末的时候孩子们能过来看一眼。这样就等于是白白花了一笔冤枉钱。

思前想后，唯一的出路就是我和老伴儿独守空巢。

对于暮年的生活，我们不是没有做过设计。可现在看，事情没有发生之前，我们的想法都太过乐观了些。当年我们退休的时候，想着自己老了，绝不拖累孩子们，我们老两口和孩子之间的关系，自从他们考上大学那天起，就已经是"功德圆满"了，从此，在彼此的义务上，都不做强求。那时我们想，我们在自己的老年，依靠自己不薄的退休金，可以游山玩水，完全投身到大自然的怀抱中去，直到老得哪儿也去不了的时候，就找一个小保姆伺候我们。

起初一切都按照我们的计划进行着。我和老伴儿退休后年年去外地旅游，在丽江，我们还租了一间民房，连续三年都在那边过的夏天，自己买菜做饭，就像居家过日子一样。我们自得其乐，孩子们也很高兴,都说自己的父母真是潇洒。因为彼此无扰,我们老两口和孩子们的关系处理得非常融洽。

但是人算不如天算,这样的日子没有过上十年,计划就完全被打乱了。

我们没有料到,自己的身体垮得会这么快。年轻的时候做科研,玩命加班的时候太多,身体留下的亏欠很大,这一点,算是个变量,我们没有计划进去。

怎么办?只有终止云游四方的日子了,提前进入请保姆的程序。

可是,真的开始请保姆时,我们才发现自己太幼稚了。在我们的思想里,花钱请人为自己服务,就是一个简单的雇佣关系,只要付得起钱,一切就会水到渠成。谁能想到,如今请保姆难,居然已经是一个社会问题了。我们最先找了家政公司,伺候两个老人,对方给出的要价是每月三千元。这个数目虽然也在我们能够承受的范围内,但还是让我们有些小小的惊讶。

在心理上,我们认为价钱是高了些。老伴儿有些想不通,我还给她做了做思想工作。我说既然是市场化了,这个定价一定就是市场自我调节出来的,是被供求关系所决定的,通过这个价格,我们就可以得出如今老人对保姆的需求有多大,供不应求,所以才导致出了这样的价格。你看,我们研究所刚刚毕业的研究生,一个月的工资也就是三千块钱,可是一个不用受太多教育就能胜任的保姆岗位,也开出了和一个研究人员同等的薪酬标准,这个价格不能说没有一些扭曲。但这就是现实，我们处在这样的市场环境中，购买服务，只能接受如此的定价。

好不容易，老伴儿的思想工作做通了，第一个小保姆被请进了家门。事情就这样解决了吗？远远没有。

购买保姆的服务，这种交易方式，远远不像我们购买其他商品那么简单。购买其他商品，基本上还有个公平原则、诚信原则在里面，但购买家庭养老服务，这里面的不确定因素就太多了。具体的矛盾我不想复述，总之，这个小保姆为我们提供的服务质量，远远和我们的预期不相吻合。我们老两口也是自认有修养的人，但是的确难以容忍。于是又换了一个，每个月还多给出五百块钱。但是随着付出的价格抬高，获得的服务质量与预期的落差反而更大了。

就这样接二连三换了四个保姆，最终不约而同，我和老伴儿都决定不再尝试这条路了。我们决定，在我们还能动的情况下，彼此照顾对方。

这里面没有不理性的因素，我们都是学理科出身的，不会感情用事，任何决定，都是经过理性推理出来的。

但是现在不得不承认，我们的理性思考的确有侥幸的成分在里面。老年人的身体状况，更是个不可估算的变量，这一点，我们一厢情愿地没有计算在内。

发生在老伴儿身上的危险，让我知道了，现在身边有个人还是非常必要的，起码不会让我们在突发险情的时候坐以待毙。上次老伴儿被救，是因为我们防患于未然，留了一把钥匙在邻居家里。邻居很负责任,我住院后,就担心我老伴儿一个人会有什么不测,一大早敲门问安,没人应门,这才开门看到了躺在地板上的老人。这种侥幸的事还敢再重演吗?不敢了。

现在我和老伴儿又有了一个共识,那就是住院两个人必须一同去,反正以我们现在的身体状况,任何时候都够得上住院的条件。我想啊,也许我们最终的那个时刻,会是双双躺在医院的病床上,彼此看得见对方,一同闭上眼睛。

如果真是这样,那可的确就是功德圆满了。

——现在孩子们是什么想法呢?

孩子们当然很着急,可也只能劝我们再去请保姆。

他们总以为我们是舍不得花那份钱,根本体验不到这种买卖关系如今的混乱——不是你支付了金钱,就一定能够换来等值的服务。他们不知道,这种"等值"的要求,更多的还是指人的良心,是良心和良心之间的换算,可如今人的良心,是个最大的不确定值,最难以被估算和期待。

我们住院后,两个孩子都回来了,其实用不着,他们回来,并不能改变我们需要救治的这个事实,而且,也给不出更好的解决方案。当然,这是理性的看法。但是这一次我不这么认为了,当孩子们出现在病房门口的时候,那一刻,我真的感受到了情感上的满足。那一刻,我居然有些伤心,就好像自己受了什么天大的委屈一样。老伴儿更是哭得一塌糊涂,孩子们越安慰,她哭得越凶。好在我还算比较克制,如果我也落泪,孩子们会感到震惊的。我从来没有在两个儿子面前掉过泪。孩子们不会理解他们的父母怎么会变得如此脆弱，就像我年轻的时候一样，也一定是难以理解如今的自己。

在医院陪了我们几天，看我们的病情都稳定下来了，孩子们就回北京了。他们太忙。是我让他们回去的，有生以来第一次，我在理性思考的时候，感到这么违心。

孩子们走后，我和老伴儿突然变得特别亲。不是说我们以前不亲，是这次事情发生后，我们之间那种相濡以沫的情绪变得空前浓厚。

我们俩的病床挨着，各自躺在床上，伸出手，正好可以牵住彼此的手，我们就这样躺在病床上手拉着手，连护士看到都笑话我们，说我们比初恋的情人还要亲密。护士说得没错，我和老伴儿年轻的时候，好像都没有像今天这样情重。这就是相依为命啊。我们手拉着手，各自还吊着液体，我觉得液体滴进我们的血管里，就融合在了一起。我还和老伴儿开玩笑，说这种感觉真好，就好像我们两个人都输进了双倍的药物，你的我也用了，我的你也用了，我们这次住院算是赚到了。

在医院里，我和老伴儿商量出了下一个决定——我们住进养老院去。

出院后我们立刻考察了一下，有几家养老院还是不错的，比较正规，主要是管理相对严格，毕竟是有那么一个机构，为老人提供服务的人员，有组织的管理，这样一来，就杜绝了老人在家养老，保姆关起门来称王称霸的可能。你要知道，老年人的状态决定了，在私密的空间里，相对身强力壮的保姆们，他们绝对是处于弱势地位的。

我们看中的那家养老院还提供家庭式公寓，就是一个小家庭的样式，厨房、卫生间一应俱全，我们并不需要过集体生活，每天服务员会送来三餐，自己愿意的话，也可以自己做饭，医务人员会随时巡视老人的身体状况。当然，收费比较高，一个月我们两个人需要交纳六千块钱。这个价格我认为是合理的，吃住、医疗保健都在里面。

入住手续我们已经办好了，现在只等养老院的通知。这家养老院的公寓房很紧张，需要排队。

去养老院，看来就是我和老伴儿的最后一站了。

也许真的是走到人生的尽头了，这段日子在家，我和老伴儿总觉得是在和什么告别，情绪上不免就有些低落。收拾收拾东西，每天夕阳落山的时候，我们老两口就坐在阳台上说一些过去的事情。这套房子我们住得并不是很久，退休前才换的，也就住了十年左右的光景，可是如今就好像是人生前一个阶段的最后一个驿站了，从这个门走出去之后，我们的人生就该进入落幕的倒计时了。

我们这一辈子，传统观念不是很重，自认为我们的生命和孩子们的生命应当是各自独立的，可是如今看来，人之暮年，对于亲情的渴望却是不以人的意志为转移的。这是我们独有的民族性格，而现代性，说到底是一个西方观念，所以，当我们国家迈向现代性的时候，独有的这种民族性格，就让我们付出的代价、承受的撕裂感，格外沉重。

老伴儿现在特别思念孩子们，我也一样，这些日子突然想起的就总是两个儿子小时候的样子了。有时候还会有些错觉，好像看到他们就在这套房子里玩耍。实际上，我们搬进这套房子的时候，他们早已经在北京落户了。这种视觉上的位移，在物理学上也许都能找到符合科学的解释吧，就像海市蜃楼，我想也许不完全是个主观上的错觉。

前两天我和老伴儿做了一个大工程，就是把孩子们从前的照片都整理了出来，分门别类，按照年代的顺序，扫描进电脑里，给他们做成了电子相册。我还买了两部平板电脑，分别给他们储存了进去。我想，有一天，孩子们也会开始追忆自己的童年吧。

这也是给我们进养老院做的准备工作。

要离开家了，我和老伴儿想了想，需要从这个家带走的，好像并没有太多的东西。除了我们的养老金卡、身份证件，好像唯一值得我们带在身边的，就只有孩子们的照片了。人生前一个阶段积累下的一切有形的事物，我们都带不走，也不需要带走了。

你看我的手机，屏保就用的是两个儿子大学毕业时穿着学士袍的照片，我老伴儿的也一样，不过是这俩小子光屁股时的样子。

还有一个决定，应当算是我和老伴儿最后的决定了。这个决定我们谁都没有说，只是彼此心照不宣。那就是：如果我们中的一个先走了，另一个就紧随其后，自己结束自己的生命。我们谁都知道，自己难以承受一个人的老年，一个离世，另一个绝对无法独活。那样实在太孤独了，在孤独中，人的尊严也会丧失干净。

我不认为这是不人道的，相反，我觉得这应该是我们此生最后一个、也是最大的理性了。

[王妈]
—— 六家轮流转,我不就成了个没有自己家的流浪猫了?

王妈今年七十三岁,老伴儿十几年前去世。

王妈有六个女儿,周围的人说那是王妈的"六朵金花"。

王妈退休前是一家军工厂的职工,当年能在这家厂子上班,就是找了个好工作、捧上了金饭碗。丈夫性格内向,为人活套的王妈凭着一己之力,把"六朵金花"中的三朵,安排进了工厂。如果时代停滞不前,王妈一家的生活,便是令人羡慕的了。可时代究竟是变了,曾经令人羡慕的生活,如今只成了女儿们回忆中的谈资。

王妈一辈子住在工厂的家属院里,她为人热情,是个公认的热心肠。院子里的谁家有个难处,王妈总爱帮着张罗,谁家婆媳有了矛盾,王妈也能去给评个理。大家都喊她王妈,里面儿透着份亲热,也透着份儿尊重。

晚年生活最让王妈难心的,也是自己身体的疾病。老人患有严重的糖尿病,二十多年了,靠忌口、注射胰岛素这样的常规方式控制病情。有规律的饮食方式和用药时间,成了王妈退休后生活的重点，它们似乎成了王妈生活中最重要的事情，严格地分割着王妈每天的时间段，用王妈的话说：就像工作一样。

六个女儿，如今有两个在外地，留在身边的四个，虽说在同一座城市，但也不能给予王妈"身边"的感觉。城市生活的紧张与繁忙，使得女儿们难以给予王妈更多的照料。王妈遇事爱讲个理，这也是她受到邻里尊重的原因，爱讲理的王妈对于女儿们的难处，表示理解。

"家家都是上有老下有小，自己还有一份工作要干，哪个都是起早贪黑的，逢上周六周日，也还需要有个交际应酬什么的，顾不上我，也是没办法的事。"王妈说。

看得出，王妈不仅讲理，而且要强。

大女儿如今也退休了，商量着把王妈接到自己家去住。可王妈不干。王妈离不开工厂家属院，这里有她的老同事老姊妹，有她所热衷的家长里短。每天除了吃药打针，到楼下像"巡视"一般地转两圈，也是王妈生活中不可或缺的内容，让她少了这项内容，她的心里会空下一大块。平日里，王妈家的大门几乎是向所有邻居打开的，谁家媳妇忘了带钥匙，谁家孩子放学进不了家门，都能先在王妈家里歇一下脚。

有个这样明事理、通人情的母亲，王妈的女儿们都感到挺光荣。王妈在女儿们心中，从来就是撑起家庭整块儿天的家长，似乎她这个老母亲永远会屹立不倒，永远保持她应对生活的活套与周详。

但是，随着年龄越来越大，王妈如何养老，原本似乎很遥远的一些难题，渐渐迫在眉睫了。

两年前，王妈出门时摔了一跤，摔碎了膝盖骨。手术还算成功，但人老了，许多生理上的机能一旦受损，留下的创伤便是不可逆转的。从那时候起，王妈走路就有些吃力了，稍微有些跛，需要拄着一根拐杖来给自己助力。

再下来，糖尿病的一些并发症也开始更加频繁地困扰王妈。家务活儿眼见是做不动了，这就请了个保姆。还是靠着王妈性格上的优势，请来的保姆不像其他人家相处得那么难，王妈和保姆的关系算得上是融洽。

但世事难料，这个保姆自己有事，前段日子也离开了。

王妈开始感觉到了，自己晚年生活的艰难，那种原来只是想象中的困境，终于浮出了水面。

当年一口气生了六个女儿，还是因为老思想作怪。我这人性子强，生不出个儿子不服气，可是再强的性子，最后还是要在事实面前低头。和生男生女这种事情一样，如今怎么养老，看来也不是我说什么就能算什么的了。

对于养老这事，院子里的老人都作难。没人能提前规划好，不是没有远虑，是根本就拿不出个让各方面都满意的计划，就只能过一天算一天，事到临头了再说。

怎么说？多半就是靠老人硬挺吧，让老人的愿望不断打折扣，不断接受新的事实。

　　自从摔坏了腿后,我就慢慢开始力不从心了。别人都说请保姆难,我心里就说我不会让这事难住。都是人嘛,你和她贴心,她的心也远不到哪儿去。四女儿找来的这个保姆,我们处得不错。当然人无完人,懒一点儿,没眼色一点儿,笨手笨脚一点儿,我都能谅解。不要说突然进来个外人,就是两口子一起生活,许多生活习惯有冲突都是常事,过了一辈子都未必能完全适应。关键是我请来的这个保姆费用比较低,只要一千块钱。这个我可是打听了好多家的,知道现在一千块钱能请来个保姆,就算是稀罕的了。钱给得少,对人家要求就不要那么高,我就是这么劝自己的。

　　实际上在我眼里,一千块钱已经是大钱了。我退休金才一千四百多块钱,也才是这两年涨到的这个数,常年吃药打针,我那点儿退休金连正常生活都顾不住。好在有六个女儿,以前她们每人每个月给我一百,现在加到两百了,用这钱,我才请得起保姆。但这是我个人的情况,保姆的身价却是个社会情况,我不能用我的标准来衡量人家。在我眼里的多,在人家眼里是个少,我就要紧着人家的角度去考虑问题。凡事你替对方考虑了,这人和人就好相处了。

　　我这保姆也是个苦命人,整天挨家里男人的打,这才从农村跑出来,想的是找个法律援助,把婚离了,到我家来,其实就是临时在城里找个落脚的地儿。弄清了这个原委,我就知道这保姆留不住,迟早得走。可是我想,到了我家,就是和我的缘分,也不能亏待人家。家务活儿什么的，我能搭把手的也都搭把手，关键是我觉得她在身边，就是我的伴儿，陪我说话解闷，比替我干活重要。

我这人热心惯了，好替别人操个心。保姆闹离婚，这事情可得让我帮着好好参谋参谋。我写不了字，就找小女儿帮着写了离婚申请，上法院打官司的程序我也帮着打听清楚了，一来二去，还就真帮着她把这婚给离了。宁拆一座庙不拆一桩婚，这是老思想，男人太欺负人，女人凭啥受一辈子罪？

我想着保姆这婚也离了，她心里舒坦了，起码能安心多陪我些日子吧？没想到离婚后人家回了趟家，再来的时候给我领来个小伙子。怎么说？这就是又处上对象了。她要重新找个人家，这事我想到了，但没想到有这么快。这领上来见我，是让我再给参谋参谋的意思。保姆觉得我们娘俩处得好，她把我当妈看，放心我的眼光。这小伙子人厚道，还是个没结过婚的，平日里在村上还有个能给人画棺材的手艺。我看人挺准的，觉得这婚事能成，心里也替保姆高兴，当时就忘了，人家这一结婚，还能在我家干吗？事后琢磨起这事，还没想透彻，保姆就说要走了，回去结婚，给小伙子生娃去。

这可让我有点儿哭笑不得了，眼见着一桩好事成了，可我这儿的困难立马就来了。

现在我身边儿离不得人啊。

我这病，是个最折腾人的病。血糖高了不行，血糖低了也不行，一天饭前餐后，要测几次血糖，打了胰岛素就得马上吃东西，稍微不合适一些病就犯了。以前犯病，好像还有个缓冲的余地，感觉不对了，自己躺下，吃口馍馍含块儿糖，就能缓过劲儿来，可半年前明显不是这么回事了。那次我自己都没意识就昏过去了。醒来的时候一看满屋子人，五女儿急赤白咧地趴在身边喊我，妈妈妈妈，我都反应不上来这是闹哪出，糊里糊涂地让人抬上担架给送到了医院。

事后我才知道，我昏过去后，幸亏有保姆在身边，打电话喊来了离得最近的五女儿，这才叫了120急救车。这次可是真危险，若不是身边有个人，我可能就真的走了。你看，这保姆算是救了我一命。我帮她圆了个婚姻，她救了我一命，这都是老天早就有的定数。

但是现在保姆走了，我俩的缘分过了，我的困难可就真真切切摆在眼前了。

有了这次教训，就像给女儿们提前打了声招呼，再让我一个人过，她们随时就可能没这个妈了。

但是再找保姆，就知道找保姆的不易了。也不是根本找不上，但要的那个价钱，我觉得连商量的余地都没有，对我来说，都太离谱了。女儿们说贵就贵点儿吧，她们分摊一下。可是我不愿意。我知道她们过日子都难，即使硬挤出钱来，用这么贵的保姆，我思想上也通不过。人最怕思想上通不过，我知道，要是我思想通不过，有心病，再好的保姆我也用着不舒服，我会挑人家的毛病，说是找事儿都有可能，没法处。

这咋办，女儿们就开了个家庭会议，说有钱的出钱，有力的出力，六个人，每人负责两个月，正好凑够一年。有钱的，是三女儿，但人在湖南，她负责不了，就让她把钱出上，给有时间照顾我的姊妹。说来说去，还是没说出个办法。为啥？六个女儿六个命，如今日子过得千差万别，你有你的难，她有她的难，搞平均主义，对有些人好办，对有些人就作难。如果只有一个孩子，没啥说的，难易也就都该他一个人对付了，可一下子有了六个，反倒很难做到人人公平了，让谁负担重一些轻一些，好像都显得不合理了。

不是女儿们推诿，是这里面儿的道理微妙。最关键的是，问题还在我这儿。无论她们怎么合计，前提都是我得跟上她们过去。说实话，我不情愿。六家轮流转，我不就成了个没有自己家的流浪猫了？说难听点儿，都有些像是个要饭吃的了。而且即便跟着她们过，白天家里也只剩下我一个人，有个三长两短，还不是应不了急吗？

这里面看起来最合适照顾我的是大女儿。大女儿退休了，离婚二十多年，如今孩子也大了，就她一个人过日子。本来她搬回来和我一起生活最方便，可事情就是这么不由人。为啥？大女儿处了个男人。要说她一个人，再找个男人也没啥说的，可人家俩倒好，根本没打算结婚，说是就这么在一起处着。他们这么处着可以，可让我跟着他们一起处，我就做不到了。大女儿若是搬回来，那个男人三天两头就也要来，你说这满院子的人，让我的脸往哪儿搁？让我没脸，不如让我没了命。

总之左不是右不是，家庭会议也没开出个结果来。

我只有自己表个态，说目前我还能撑着，自己平日里仔细些就行，按时吃药打针，稍微感觉苗头不对，就躺下给她们打电话。女儿们心里没底儿，我跟她们说没事，我自己清楚自己。

其实就是个宽慰她们的话。

我自己的确清楚自己。那次糊里糊涂地让送到医院去，在急救车上我迷迷瞪瞪看到了一个景儿。这景儿是个啥，现在我不说，可我知道，那就是我离世时候的样子……

——如果有个儿子会不会好一些？

不会。

院子里养了儿子的人家多得是，没几个比我家轻省的。

倒是邻里们都羡慕我，说我生下六个女儿才是真福气，现在年轻人都愿意生女儿，女儿比儿子孝顺得多。这话不是客套话，我也觉得女儿们还是孝顺的，心也细，知冷知热，如果平常过个日子，是要比儿子体贴，娘们儿们还能说些私密话。这不是摊上我这病秧子了吗？我要是身体还行，我们娘们儿们肯定过得舒心。有时候她们凑齐了都回来，这个给我买件衣服，那个给我买双鞋，人多，不是啥值钱的礼物，但凑成堆儿，就显得喜气洋洋的。如果女婿孙子们也凑齐，我家能开三席饭，我坐在孩子中间，可不是就跟众星捧月一样。

我亲姐姐倒是生了个儿子，可前些天为了房子的事情，那个孽种竟然扇了他老娘一个耳光。这就是养儿的下场。我姐一辈子省吃俭用，攒钱帮儿子买了房，现在自己住的屋要拆迁，她想不要新房了，要求货币安置，拿了钱去住养老院，自己给自己养老。可儿子不答应，怎么说都让她把新房要下。住新房当然好，可谁给她养老？指望儿子吗？儿子巴不得她早点儿死，再落下一套新房。

话再说回来，人老了，说到底，都是个愁苦的事，这和你养儿还是养女都没关系，就是皇上老了，他也要受着老了的罪，不能说他是皇上，就不受这人人都要受的罪了。我现在一天不如一天，是越来越明白这个道理了。

女儿们围成一堆儿商量着怎么伺候我，你说这本来是件让人欣慰的事吧？瞧这一大家子，都在为老娘操心呢。可是我坐在一边儿听着，心里却觉得不是滋味，觉着自己成了个包袱，觉着什么都不再由着自己了，觉着自己好像成了个局外人，生死祸福都得听由别人来商议了。

她们围成堆儿商量我的事，在我眼里都不如看着她们围成堆儿打扑克舒服。她们回来打牌，我在一边儿倒茶送水的，一会儿端盘水果，一会儿端盘瓜子，心里头倒觉得安适。

还能够为女儿们做点儿什么，这才是我最大的安慰。

她们可能并不理解我的心思，比起她们操心我，我操心她们更能让我多活几年。这就是当妈的心。我也知道，我现在平平安安的，就是对她们最大的支持，可是你让我光是受着她们的牵挂，自己心里头没了牵挂，不是让我做个活死人吗？但凡能给她们做点什么，我都乐意去做。三女儿在湖南，想吃咱这儿的锅盔，我就上街买了给她寄去。我这腿就是给她寄锅盔时候摔断的。还不敢声张，要是其他女儿知道了原委，这还不把三女儿埋怨死？

现在我这腿脚越来越不利索了，膝盖那儿是块假骨头，经常酸疼，下趟楼开始颤颤巍巍的了。我害怕再摔一跤，就只好减少下楼的次数。每天在家做一顿饭够吃一天，吃了饭没事，只能坐着看电视，有时候看着看着自己就睡过去了，醒来电视里的活人都死了，死了的都转世了——接不上情节了。

我这糖尿病老让我眩晕，有时候天旋地转，我心里就害怕得很，晕过之后，心里都格外空荡，觉着孤孤单单，就好像小时候被人蒙了眼睛转圈圈，放开后，一下子觉着都不认识眼前的光景了。这时候，我就特别想女儿们。我尽量忍着，不给女儿们打电话，没什么事情，让她们跑来跑去，我心里头也不忍。她们太忙了。

可有时候实在忍不住了，我还是会给她们打电话。在电话里跟她们说我觉得身体有点儿不对劲，也不一定是实情，为的就是她们能常来陪陪我。现在除了身体不对劲是个由头，我好像再也没有其他把她们叫来的借口了。这也怨不得我骗她们吧。

这样，女儿喊来了，我即使没什么不适，也得装出没精神的样子。我既怕她们担心，又想看见她们对我嘘寒问暖，就是这么麻烦……

[罗奶奶]
—— 如今的这个国度,还是我们那个产生过唐诗宋词的伟大国度吗?

罗奶奶今年七十九岁。

退休前,罗奶奶是大学教授。

罗奶奶自幼没了双亲,是在亲戚家长大的,她一生的坎坷,堪比电视连续剧中的情节。罗奶奶参过军,读过大学,婚姻不幸,中年离异后一直过着独身生活。老人有一双儿女,儿子在外地工作。

在大学里,罗奶奶教授的是古代汉语,至今,她还时常沉浸在唐诗宋词的意蕴里,感时伤怀的性格,似乎已经融入进了她生命中。

退休后,罗奶奶信了佛教,在宗教中慰藉自己的孤独。她信得虔诚,在家中供了佛堂,天天咏经焚香,还去寺庙里皈依,认了师傅,一度经常去寺院里小住。信佛后,老人严守戒律,不食荤腥,甚至连牛奶都不再喝。

也许以因果论,罗奶奶此生的劫难并未完结。在日夜诵经的日子里，她先是摔断了胳膊，随后又摔断了腿。老年人骨质疏松，缺乏钙质，本来就极易骨折，持守戒律，也使得罗奶奶亏欠了必要的营养。她以自己的肉身为信仰付出了代价。

胳膊的损伤，手术后基本不会影响生活，可是腿部手术后，也不知道是因为医疗事故还是因为恢复期没有严格按照医嘱执行，体内被安装上进口股骨头的罗奶奶，却再也下不了地了。

躺在病床上的罗奶奶坚持不懈地要和医院打官司，始终认为是医院的失误才让她瘫痪在床的。她天天给有关部门写信，但实际上都石沉大海。儿女为了解开老人的心结，商量后，对老人说医院有答复了，承认是医疗事故，还赔了几万块钱。这样罗奶奶才算心安，叮嘱儿女们把这笔虚拟的赔偿款平均分了。

就此，罗奶奶在病榻上一躺就是十多年。

十多年来，罗奶奶身边换了七位保姆，都是女儿为母亲找来的。个中曲折，可想而知。

罗奶奶的女儿是公务员，十多年来尽管不能亲自在床边伺候，也算是为母亲呕心沥血了。和保姆打交道，成了这些年对罗奶奶最大的考验，为母亲找保姆，也成了这些年对女儿最大的考验。老人身边一刻都离不开人，有几次保姆突然撒手走人，措手不及的女儿只能请假顶上。现在，老人的女儿告诉我，她一接到母亲的电话就紧张，第一反应便是——是不是保姆又走了？

罗奶奶与保姆之间处理不好关系，双方都有原因。

老人自己不能下地，家中又再无亲人，有的保姆干久了，不免会尾大不掉，草率应付老人的生活不说，过分的，还会训斥虐待老人，不按时给老人吃饭，夜里让老人憋着不能解手……这些，都试炼着罗奶奶那颗虔诚的信仰之心。这是保姆一方的原因。

除了不能下地，罗奶奶还患有许多疾病，鼻炎，哮喘，心脏病，胃病，几乎身上所有的器官都不健康。这些疾病轮番施虐，在老人的身体上施加着痛苦。加上与保姆之间频繁的矛盾，终于让罗奶奶放弃了修行，宗教能够给予她的那些帮助，似乎越来越远，在肉体与精神的双重压力下，罗奶奶回到了普通人的性情里，变得易怒，变得更加悲观，动辄便开口训斥保姆，也不能说是次次都有道理。这是老人一方的原因。

罗奶奶现在身边的保姆，也是位六十多岁的老太太，是女儿千辛万苦从农村找来的。

最初罗奶奶的女儿领我上门，遭到了老人的拒绝。第二次去的时候，老人干脆问：你们又来干什么？一迭声地驱赶我们：走走走。第三次，老人才算答应和我聊聊。

对话中，罗奶奶几次不愿意再继续说下去。老人嫌烦。我只能默默地坐着，等待她重新打起说话的兴致。

在我眼里，这是一位傲慢的老人，同时，又是一位不谙世道、异常单纯的老人。

保姆的事我不想说了，说起来只能让人心情不好，真要细数，三天三夜也说不完。现在用的这个，勉强还能维持，只比我小不到十岁,毕竟年纪大了,贪欲会少一些。可也只是勉强维持,我已经被保姆弄怕了,也不想再给女儿增添压力。

最叵测的就是人心,现在人怎么都变成这样了?都是变着法儿的损人利己!

我初中读的是教会办的女中,最初受到的教育就是人与人之间应该以爱为纽带,那些嬷嬷们传递给我们的,就是一种爱的教育。后来我信佛,也是信仰佛家的慈悲。我人生的这两个阶段,都试图靠近宗教的精神,但是现实总是这么残酷,最终还是让我回到尘世的煎熬之中。

人的精神只能建立在身体之上,身体没有平安,心灵上的平安也无从说起了。

前几年女儿给我订了几份报纸,上面全是各种医药广告,个个都说得天花乱坠,又是国际重大突破,又是专家联名推荐,不由得你不信。我一身的病,难免会病急乱投医,而且,我想着如果能控制好病情,也是替女儿减轻了精神压力。前前后后,我花了几万块钱买这样的药,他们倒是热情,一个电话打过去,药就给你送上门来了。女儿一直反对,说都是骗人的,让我不要上当。但当时我想,报纸怎么会骗人呢?这些报纸都是国家办的啊,总会对读者负责任吧?为此我没和女儿少生气,她说我,我感到委屈,脾气上来就和她吵。

最可憎的是,家里的小保姆也看出了我的这个破绽,开始和楼下诊所的医生合谋欺骗我,说有一种最新的康复仪器,能让我这样的瘫痪老人重新站起来。按理说，我一个大学教授，不会上这样的当，可当时我就是信了，有种一意孤行的味道，好像女儿越反对的，我就越要去做。结果当然是受骗了，七万多块钱被他们骗走了。女儿气得对我大发了一通脾气，从此把我的经济权剥夺了，说我需要用钱就打电话先给她汇报，以免我再自作主张。我不怪女儿，只是感到心冷，连药都卖的是假药，连国家的报纸都帮着骗老人的钱，你说现在人怎么都变成这样了？

爱在哪里？慈悲在哪里？这不由就使我的信心开始动摇。

我从小失去了父母，可以说是饱尝了人情的冷暖，但也没觉得人心像今天这样没有底线。我经历过反右，经历过困难时期，经历过文革，这些时期，最大的痛苦都是心灵上的，现实一次次让我怀疑，如今的这个国度，还是我们那个产生过唐诗宋词的伟大国度吗？

不说这些了，说了一样让人心情不好。

我这一生命运多舛，如今在床上躺了十几年，所承受的痛苦，不是常人能够感受到的，所以脾气越来越糟糕，有时候自己也想克制，但克制不住，请你原谅。

我从小没有父母，中年后婚姻又很不幸，到了老年，身边也只是一个又一个面目狰狞的保姆，对，就是狰狞。我知道我的性格有缺陷，儿女们和我生活在一起都不能够忍受我，可是我也拿自己没办法，总觉得自己和这个世界格格不入。不能很融洽地活在这世上，我也很痛苦，我的心里其实对于亲情特别渴望，这也许是从小缺少家庭温暖的缘故，我这一生都是在对亲情的渴望中度过的。

对于这对儿女，我的爱格外重，他们是我在这世上唯一的亲人，我怎么能够不爱他们？儿子远在外地，生存很艰难，他是个自由职业者，至于这是个什么职业，我也不是很清楚。但我知道他不容易，在这个国家，自由职业就是没有组织管的意思，没有人约束你，也就等同于没有人庇护你。这双儿女，我的心是对儿子更重一些，一来他是小的，二来他是个让人担忧的自由职业者。女儿常说我偏心儿子，这是个事实，我想女儿怎么说也是国家干部，就像我，即便今天躺在床上不能动了，医疗保障还是有的。可儿子老了怎么办？想一想我都发愁。

女儿也只是嘴上说说，并不因为我对儿子心重就有什么不满。这些年，我其实全靠女儿了，她三天两头会来看看我。我一年差不多要住三次院，每次住院其实折腾的都是女儿，联系病床，跑手续，夜里和保姆轮流换班……我身子重，又不能动，每次住院出院，都是叫120的担架来抬，有时候人手不够，就是女儿硬扛着把我往担架上抱。这样想一想，我就不是最苦的老人了，比起那些被子女遗弃的老人，我的状况好多了。我知道，这世上还有许多老人比我更可怜。在经济上，我能自理，但比经济自理更重要的，是子女能给予我的精神上的一些支撑。

最近我算遇到件高兴的事儿——失散多年的亲戚找到了。原来我父亲之前还娶过一房太太，生了儿子的。我这个同父异母的大哥，托人辗转着找到了我。前些天，他们一大家子来看我了，虽然说大家一辈子没什么联系，但暮年时刻突然多出了一些亲人，还是让我感到了温暖。大哥说要修族谱，如果我还有精力，就让我写写自己的生平。这件事我很愿意做，其实他们没找来之前，我就已经写了一厚本了。

只是现在我写东西越来越吃力了，以前还能坐起来写，这一年多干脆连坐也坐不住了。我就只能躺着写，写写停停，眼睛也花得厉害。我想我会坚持把自己的一生都写出来的，写不完，我就不会死。如今这事，也是我的一个精神支柱，如果这根支柱也没了，我恐怕就撑不了太久了。

人在这世上走过一趟，总会留下些自己的影子，即便这影子跟别人无关，但自己的亲人会珍惜。孩子们现在没有这样的感受，我想，等他们老了后，就会想念起他们的母亲。那时候，我写下的这些东西，对他们就是宝贵的了。

——您女儿给我看过您年轻时候的照片，真的很美。

是啊，年轻的时候多好。刚解放的时候，我就参了军，从部队复员后，又考上了大学，那段时间，是我这一生中最幸福的时光。可是人生譬如朝露，总是去日苦多。

现在我们一些大学的老同学还有联系，有腿脚不错的，偶尔会来看看我。老同学们都感慨，和年轻时候相比，我现在完全已经是另外一个人了。他们不惮说真话，我也不惮承认。一辈子的风刀雪剑，再美的花朵，也会枯萎吧。

年轻的时候我就容易伤感，老同学们看到我现在的处境，都很为我担心，甚至有人怕我想不开走绝路，我跟他们说不会，相反，我求生的愿望从来没有像今天这么强烈，否则我也不会上当受骗，去买那么多的假药。我从小没有父母，知道没有父母对孩子意味着什么。即使我像行尸走肉一样，但只要我活着，我的孩子们在这世上就不是没有妈的人。

我老觉得孩子们可怜，在这个世上无依无靠，这种感觉其实也没有什么依据，但总是在我的心里挥之不去。每逢阴天下雨，我的情绪就格外不好，夜里关了灯，听着窗外的雨声，我会特别想自己的孩子们，想像他们小时候那样，紧紧地把他们揽在怀里。睡在旁边的保姆说，有时候能听到我说梦话，在梦里不是叫着儿子，就是叫着女儿，催他们吃饭，督促他们学习。

最近我脑子常常会变得很迟钝，对于发生在眼前的事，常常反应不过来。前天女儿来看我，我睡得迷迷糊糊，睁开眼，想了半天，竟然想不起站在我眼前的这个人是谁，只是觉得有些面熟，可张口叫出来的，却是自己大学时候同学的名字。给儿子打电话，也是接通后就忘了要说什么，原本是想好了的，但只能啊啊啊半天，憋在肚子里的话就在嘴边，可就是说不出来。

可是对于过去的事情，那些往事，却记得格外清晰。那些陈年旧事，都被唤醒了，一幕一幕，环境，人物，对话，都栩栩如生，甚至连当时天气的冷暖，都好像又在亲历一样。

难道人老了，记忆就开始逆向生长了？我的身体活在今天，但我的精神却一天一天向从前倒退，中年，青年，童年，直到成为一个婴儿……

不说这些了，说了只能让人心情不好。

我这楼上住了个老头，年龄可能也不小了，天天早上在阳台上吼秦腔，搞得人心烦，以前我还让保姆上去和他吵过架。可是前几天突然没动静了，我就预感着不好。昨天保姆买菜回来说老头死了，是邻居发现有不好的气味，叫了派出所的民警来敲门，进去后就看到老人躺在地上，尸体已经腐烂了。也可怜啊，现在我倒是有些怀念他每天早上吼的秦腔了，那不是噪音，是一个生命的响动。

唉，说来说去，都是些让人心情不好的事。

[吴婆婆]
—— 每次听到门上锁头咣当一声锁下的时候，我这心
　　里就是一颤啊

　　吴婆婆今年八十八岁。

　　吴婆婆一家本来是农民，这些年城市扩张，村里的耕地全部被征用了，吴婆婆生活了一辈子的乡村，如今成了"城中村"。相对从前稳定的乡村生活环境，如今吴婆婆家的周边特别混乱，治安差，卫生差，是一块游离于现代城市管理之外、生活水平低下的居民区。

　　吴婆婆的孙子带着我去看老人。

　　吴婆婆住在三楼。听到楼梯的响动，老人早早趴在老式防盗门的栅栏后面，手扒铁条向外张望。这番情景令人心酸，老人就像一个监狱里的囚徒。

　　平日里，吴婆婆被孙子锁在家中，日常的饮食由孙子送来。

　　吴婆婆的孙子此举也是出于无奈。他们现在生活的这块区域，交通特别混乱，腿脚不方便的老人很容易被来往的车辆剐擦到，而

且吴婆婆的脑子有时候也会变得糊涂起来，几个月前，老人居然迷路了，好在被派出所的民警送回了家。这些都促使孙子采取了将老人反锁在家里的措施。

由于改造得早，如今吴婆婆所在的这个小区，早已经破烂不堪，而且大多数房子都废弃不用了，摘掉窗子的窗洞将曾经的人家裸露着，有种说不出的凄凉惨淡。

吴婆婆一共有三个儿子，两个在南方打工，如今已经在当地定居，回来的可能性不大了，还有一个儿子在市里另外买了房子，离得远，疏于照顾老人，平日里，看顾老人的任务就交给了在附近打工的孙子。吴婆婆的老伴儿是前年去世的，老人的孙子对我说，就是从爷爷去世后，奶奶的脑子才变得时常糊涂起来了。

好在以八十八岁这样的高龄老人来看，吴婆婆的身体状况还算不错，起码能自己走动，日常生活还不需要人贴身照料。

老人的孙子告诉我，万一哪天奶奶动不了了，麻烦事才是真的来了，他父母身体很差，虽说住在同一座城市，可如今也是六十多岁的人了，也是空巢老人，平日里都自顾不暇，根本没有办法再伺候老娘。

进屋后，我们看到老人的家虽然破败，但却收拾得格外干净。房间里一尘不染，正午的阳光从窗子照进来，给人一种窗明几净的感觉。我注意到了，窗台上有一盆不知名的小花开得正娇艳。

老人一头白发，穿戴得干净整齐，她一边吃着孙子的送来的午饭，一边迷惑地打量着我们。老人的孙子还要急着赶去上班，出门前叮嘱我和老人聊完后，走的时候别忘了把门锁上，说着，指了指防盗门上挂着的那把铁锁。

孙子走后，老人开口和我们说起话来，思维挺清晰的。

我已经一个多月没有踏出家门了。

本来儿子一家也住在这里，可是几年前他们又在市里买了新房，就搬走了。我当然舍不得他们搬走，可有了新房住，总比和我们住在这里好，人往高处走啊。

儿子的新家我去看过，漂亮着呢，窗子大得很，可敞亮了。另外两个儿子在南方，这么多年见不上几面，我就打心里喜欢留在身边儿的这个儿子。这里面儿有个私心，说白了，还是想指望这个儿子送终。可是人家有人家的日子，也由不得我了。孩子他爹活着的时候，我们俩还是个伴儿，所以儿子搬走也没觉着特别不好受，但前年孩子他爹走了，我一下子就觉得日子空了。

不是儿子不孝顺，他们两口子身体都差，媳妇遇过车祸，留下癫痫病这么个后遗症，时不时要发作一下，现在岁数大了，更是得常年往医院跑，他们能把自己顾好就不错了，实在是顾不上我了，这才让孙子天天给我送饭。这真怨不得他们。我现在反倒替他们担心呢，等哪天他们要是没法自理了，可怎么办？住在漂亮房子里好是好，可这好，帮不上人养老送终的忙。

我这孙子可乖，为了离我近点儿，专门在附近一家汽车修理厂找了个活儿，就是为了方便给我送个饭。他说他先给我养老送终，完了再去给他爹妈养老送终。话是这么个话，可把孙子拖累住，我们这上两辈人怎么会忍心？孙子今年也三十多岁了，也是拖家带口，艰难着呢。有时候他顾不上，就让孙媳妇来给我送饭。我这孙媳妇不太厚道，每次来都不情不愿的，进屋开门、放饭、关门，时间不会超过两分钟，跟我也没话说，就是一句"吃饭了"。可是这理儿，我也不能挑了。人家能把饭送来，就已经不错了。

现在我一天只吃两顿饭，早上的饭不吃，孙子实在来不及给我送来。我也不忍心把孩子逼得太慌张。

怪只怪我没走到孩子他爹前头，要一个人留在这世上受熬煎。

如果孩子他爹活着，哪怕是我伺候他，我这日子都好过些。他走后，我这脑子突然就有点儿不听使唤了，有时候熟门熟路的地方，都能把自己转糊涂。

前一向我出门到街上遛弯，走着走着就认不得路了。可能也不能全怪我——我记着那家超市门口有个汽车站呢，可那天死活也找不到站牌了。我这脑子真是死板，站牌不在了，超市不是还在吗？一样是拐个弯就能找回来的呀。可我就光一门心思找站牌了。后来我才知道，人家公共汽车改线路了，已经不在那儿停了，你说这还哪能让我找到站牌呢？找不到那个站牌，这我就走远了，越走越不认识路，最后干脆是啥呀记不得了。

现在我回想，那日我把脑子彻底走糊涂后反而美得很。咋美？就是突然心不烦了，腿脚也不觉得累了，反正周边儿的一切都跟我没关系了，我就只管走啊走的就是了。我都觉得我能那样走到天边儿去。

后来是个路上的老姊妹看出我有点儿不对劲了，把我拦下盘问我。她一问，我就像是从梦里给叫醒了，就跟人家说我是哪哪的人，我找不到回家的路了，说着说着就大哭起来，心里可委屈可委屈。这老姊妹人好，马上就给我们派出所打了个电话，陪我在路边等着，看着我被警察接到了车里去。

回来后我孙子问我当时害怕不，我说不怕。是真的不怕。糊涂的时候没想到怕，清醒的时候就都是委屈，也没有一点儿害怕的念头。

就从这回，孙子把我锁在屋子里了。这是孙子的苦心，不能怪孩子。就是每次听到门上锁头咣当一声锁下的时候，我这心里就是一颤啊。

不知道我那死了的老伴儿在天上看不看得见，我现在像个监狱里的人一样活着啊。儿子们已经给我们老两口把墓买下了，现在我的那块儿空着，只等着我埋进去。可是你看，我现在活的，像不像就是在一个大坟墓里啊？真要埋进坟里了，我们老两口还是个伴儿，说不定在那个世上还能走街串巷，还能晒个太阳说个话。

老伴儿活着的时候，我们过了几年好日子。地早就不种了，农村人出身，老了不用在地里下苦，就是个天大的福气。村委会卖了地，现在又有钱，对老人们的政策也很好，前几年专门组织过老人去桂林旅游呢。那时候老伴儿还在，我们一起结伴儿去的桂林，那是我一辈子去得最远的地方，是我一辈子享的最大的福。

可人家好政策管得了你吃喝玩乐，管不了你死了老伴儿孤苦啊。前几天听说又要组织老人出去玩儿，我就没了这心情，孙子也不同意，人家也觉得我这状况带出去操心，正好顺水推舟，发给我两千块钱了事。

我现在不缺钱，钱对我没啥大用，你说钱对我这么个让锁在屋里的人有啥用呢？人这一辈子，年轻的时候都是为了钱熬煎，老了，不为钱作难了，又换了另外的熬煎。总之就是个熬煎。

我把这两千块给孙子了，让他给他娃买吃的买穿的去。我那重孙子也快上学了，我可喜欢，现在一天最想看到的就是这个重孙子。可见一面也难，没人有时间专门把娃领来给我瞧。昨天我央求孙子了，他答应过两天就给我把娃领来。

我现在有个想法儿，就是看他们能不能把重孙子给我抱来我替他们拉扯。反正我还能动，就把我们一老一小锁在这屋里好了，对谁都不是个坏事。可孙子不同意，说害怕把我累坏，其实我知道，还有个原因，他是怕委屈了他儿子。小小年纪，就让关在监狱里了，哪个当爹的忍心？孙子让我别胡想，说我指不定什么时候脑子犯糊涂，把娃留在我身边太危险。这是他的实话了，还是不放心我。可他真就放心我一个人呆着万一真的犯糊涂怎么办？一糊涂，从窗子跳出去怎么办？这话我都没继续逼问孙子，他已经不易了，逼问他，就是我的不对了。再说了，万一我问了他，他回头把窗户也给我装上栅栏，我这不就成了铁牢了吗？

这些话你别给我孙子说，他听了心里不舒服。

你别急着走，陪我多说说话。

——我不急着走，您慢慢说。

我每天最盼着就是孙子来给我送饭，不是为了吃那口饭，就是为了能和孙子说上几句话。可是孙子太忙，来给我送饭时都穿着油乎乎的工作服，陪我说话，顶多能说个十来分钟。说啥呢，也没啥可说，我跟他说家常都没个话头。

一个人关在屋里，我心里急啊，只好在屋里绕着圈地走来走去。

孙子说多走动走动好，让我就这样坚持在屋里锻炼。他哪知道，我这可不是为了锻炼，是没个抓握，只能这么像热锅上的蚂蚁一样转圈。转的时候我就想要是再能把脑子转糊涂该有多好？就像走丢的那次一样，把自己走丢了，丢了的就都是心里的熬煎，没了熬煎，人糊涂着也好。

可在屋里我一次也没转糊涂过。

一个人在家，耳朵变得特别灵，有个风吹草动的，马上就听见了。所以楼梯上一有动静，我就忍不住趴到门上去看，见到邻居，喊人家跟我隔着门说两句话，见到不认识的生人，也想多看人家两眼。孙子说过我几回，让我别再趴门了，说是影响不好，让人家笑话。可是我还是忍不住。

以前我不是个好热闹的人，可是关在家里后，心反倒变野了。

中秋节前，儿子两口子来看我，给我送了几盒月饼，但中秋夜，就是我一个人在屋里过的。国庆节的时候，除了孙子来送饭和我说了几句话，我也没走出这个屋子。

现在逢上个节，我就特别想以前一家人在一起时候的热闹。那时候过年过节，其实对我们老的，就是个操劳的日子，我也没觉着怎么好，现在知道了，那种操劳，就是好。

人老了，瞌睡少，更没个打发时间的办法。我每天除了在屋里走来走去，就是做家务，每天都洗衣服擦地，两天洗一次头，隔一天就把被褥拆洗一遍，这都作出病来了，你说谁家被褥隔一天洗一次？别的不说，浪费水啊！我自己都觉得是造孽，所以洗了衣服的水都攒在大盆子里冲厕所用。

你看我那窗台上的花儿，它现在就是我唯一的伴儿，没事我就跟它说话。我跟它说，洗衣服的水用不完，我能烧开喝不？它摇头说：这哪能。我说那我用来给你浇水行不？它思谋了思谋说：可以。我就用剩水浇它，起初我还害怕洗衣粉水它受不了，一天浇一点儿试着看，为的是让它慢慢适应，你看，它可真是个有灵性的，现在长得多好。

你别嫌我烦，给你唠唠叨叨这些。我现在最大的愿望就是到楼下和人说说话。我想出去，但不可能，他们怕我摔倒，怕我走丢，比起摔倒和走丢，他们觉得孤单不算个事儿。

可我觉得这世上，现在没有比孤单更熬煎人的了。

不瞒你说，在屋里闷得慌，我都曾想过自杀，一死了之算了。

我想上吊，绳儿都找好了，但看一眼我擦得锃明瓦亮的地，脑子还没糊涂，我又怕弄脏了房子……

[杨奶奶]
—— 我可不就是像一只老候鸟一样,自己飞着回来了吗?

杨奶奶今年八十岁。

我们访问杨奶奶是在重阳节的前两天。

杨奶奶育有两个儿子一个女儿,老伴儿在十年前去世。以前杨奶奶和大儿子一起生活在城东。女儿早已出嫁,小儿子在一家合资企业做工人,今年刚结婚,住在城西。本来,杨奶奶安度晚年应当没有什么太大的问题。大儿子孝顺,和大儿子一家住在一起,膝下承欢,杨奶奶一度过着祥和的日子。

这一切在五年前发生了转变。

那年夏天,杨奶奶的大儿子在一场车祸中丧生,没出半年,大儿媳妇就跑了,小儿子心疼大哥的女儿,把大哥的女儿接去抚养。自此,杨奶奶便过起了独守空巢的日子。

起初老人好像还能生活自理,但随着年龄越来越老,老人的记性也越来越差。半年前,老人自己做饭后竟然忘记了关闭煤气阀门。幸亏当天小儿子来给老人送东西,一进家门便闻到了强烈的煤气味，而老人躺在卧室里自顾睡着了。这有多危险！小儿子至今跟人说起来都心有余悸——那天如果他晚去片刻，悲剧就已经酿成了。

小儿子觉得不能再让老母亲一个人过了，可是自己刚结婚，住的也是一套租来的小房子，还拉扯着大哥的女儿，实在无力让老母亲一同居住。思前想后，和自己的姐姐商量了一下，把母亲送到了市郊的养老院。

杨奶奶是退休工人，有自己的养老金，儿女觉得把老母亲送进养老院，自己心里不忍，就合计着分摊老人住养老院的费用。两个孩子的收入都不算丰厚，挤出这笔费用，已经是尽了自己的孝心。

可是杨奶奶十分不适应养老院的生活，天天哭，问服务人员儿子什么时候来接她回家。服务人员为了稳住老人，反复说快了快了，儿子就要来接她了。这样应付了一段日子，老人居然自己从养老院里跑了。

那家养老院在城西，离小儿子家比较近，当初选择这里，小儿子为的就是能够就近去探望母亲。杨奶奶的家在城东，之间横穿了一座城市，几十公里的路程呢。可老人硬是穿城而过，回到了自己的老窝。

说起这件事，老人的小儿子感到十分不可思议。老人许多年没出过远门了，活动半径基本就在自家一里地的范围内，如今城市日新月异地发展，变化之大，有时候连年轻人都找不着北，小儿子想不通，八十岁的老母亲是怎么摸索着走上了归家的路。要知道，老太太如今连东西南北都分不清楚了,自己居住的地方,也早已经换了新的路名,她也不会打出租车,从养老院出来,最近的公交车站也在几里地之外,但老人就是凭着两条腿,凭着几乎是某种神秘的感觉,误差不大地反复换乘公交车,花了大半天时间,成功地逃离了养老院。

我知道那是养老院,是老人住的地方,我又不瞎,满院子的老头老太太,我还想不出那是个啥地方?可是我打心里头不愿意呆在那儿,我总觉着儿子是把我暂时放在那儿的,过几日就会接我回家,就像他小时候我忙不过来,暂时把他放在邻居家一样。

养老院不好吗?也不是不好,可我觉得我害怕那地方得很。里面儿的人对我也挺好的,见面就冲我笑,伙食也不差,可是我心里就是害怕。有时候他们领导视察,挨间房子看老人,每次我心里都打哆嗦,也不知道为什么,反正就是害怕。现在我知道了,为什么娃娃们不爱上幼儿园,不是幼儿园的阿姨不好,是娃娃们心里害怕呢。

他们送我去的时候也没跟我说透,就说给我找个好地方,连哄带骗地把我弄上了车,一路走得那么远,我连啥准备都没有,就是给我拿了两身换洗的衣服。到了地方,我就猜出个八九不离十了,儿子把我安顿好,转身走的时候,我都想大声哭出来。可我还是没敢,旁边站着一堆人呢,到了个新地方,人的胆子变得小得很。

和我同屋的也是一个老奶奶,常年卧床,她睡墙根,我的床在门口。老奶奶早糊涂了，一天除了吃就是睡，睡着了说梦话，声音粗得吓死人，高喉咙大嗓子，听得出是在梦里和人吵架；醒着的时候就瞪着眼睛看天花板，喉咙里呼噜呼噜都是痰声。我都不敢看她，偷偷看一眼就赶快把头扭到一边儿去。

这种担惊受怕的日子，你们都理解不了。

所以我就咬牙自己跑回来了。

在哪儿都不如自己的家好啊，起码我心里踏实，不害怕。走的时候我收拾了自己的衣服，他们还给我发了一身里面老人都穿的那种衣服，红颜色的，质量还好，我想了半天，该带走还是不该带走。我知道这衣服可能是儿子付了钱的，不是白给我的，那么我就该带上走；可我转念又害怕人家说我是把人家的衣服偷走了。就为这事，我为难了半天，最后还是没带上走，心里还是害怕。

从养老院出门的时候，看门的问我干啥去，我撒了个谎，说儿子一会儿来，我在门上迎一下儿子。说完我就不敢拔脚就走，害怕人家看出破绽。在门口站着，一点儿一点儿往外磨叽，偷眼看着直到人家瞧不见了，这才放胆快走。

儿子不明白我是怎么找回来的，其实理儿清楚得很，老马识途，一只鸟都能找回自己的窝呢。我就一路走，碰见车站就坐车，好在我兜里还有几十块钱，够买车票的。一趟车不走了，我就换下一趟车。儿子说这太危险了，万一把我越拉越远怎么办？不会的，其实我心里笃定着呢，好像能闻见我家的味儿，这种味儿越来越浓，我就知道没错了。

我都不知道城里现如今都变成这样了，真的跟从电视里看的一样了，到处是楼，车一会儿就上了桥，在桥上转个弯，又上了另一个桥。我也算是看了个景儿，多少年了，就没离家半里地过。去养老院的时候，儿子和闺女陪着我，我都没顾上看车外面。

最后一程车下来后，我一抬眼，咦，到家了，就是我们家小区门口嘛。

一进门，又是一屋子人，养老院找来了，跟儿子在家里火烧火燎的。一看到他们，我心里又是七上八下地害怕，可毕竟是我的家，我还能撑得住。我没跟他们说话，自己直接进了里屋，把房门关住，自己倒头躺在床上了。儿子急得在外面直敲门，我硬是不吭声，由着他敲，只是跟他说一声我困了，要睡觉，有啥事，等我睡醒了再说。

我的这招挺灵的，一屋子的人走干净了，我才从屋里出来和儿子说话。还没等他开口，我先哭了，说我再也不去养老院了，我死也要死在自己家里，他们要是还把我送去，我就上吊不活了。

儿子被我吓住了，再不敢提去养老院的事儿了，但是留我一个人在家，他又不放心。上次我忘了关煤气，这事就成了儿子的心病。我也不是老忘关煤气灶，我是经常会忘东忘西，可忘了关煤气灶，这才是头一回。其实我说个心里话，就算我忘了关煤气灶，让煤气给熏死在屋里了，也未尝不是件好事。自己没留神，睡着了再也醒不过来了，不也是一个善终吗？

但这话不能跟我儿子说，说了像是个赌气的话。

总之儿子是不让我再点火做饭了。可不做饭,我吃什么?才从养老院跑回来那儿大,儿子怕我想不开,请了假天天在家陪我,那几天我心里可是好过,多少年了,没这样和儿子待在一起过。可儿子总不能不工作天天陪我吧?他给我买了几箱方便面留下,说妈你先对付两天,饿了就泡面吃,千万别开火,我这就给你想办法去。想啥办法?他这是去给我找保姆去了。

他不在,我也试着偷偷开了下火,然后回屋转一圈,赶紧再转回厨房,看看阀门关上没。一看,哦,关上了。可是出了厨房又不放心了,又转回来看一眼。来来回回地看,可是就是心里不踏实,睡觉都觉着能闻到一屋子的煤气味儿。这下好了,不用谁叮咛我了,我自己都不敢开火做饭了。最后干脆把小区里的人找来,给我彻底把煤气断了。

儿子去给我想办法找保姆,找了一圈也没找来合适的,这下可作了难。看着儿子心急如焚的样子,我也不忍心。可是怎么办呢?这时候我就想起组织来了。我们老辈人,一辈子就信个组织,真要到山穷水尽的时候,只能去找组织。

我退休早,以前的厂子早就关门了,找原单位是没门了。我就找到我们社区里的负责人那儿去了。一说我家这情况,人家说你怎么不早说,正好,社区像你这种情况的不是一家两家,为了解决老人的困难,政府给补助,找了一家饭馆,天天给老人送饭吃,而且老人出的钱也不多,一天就十块钱,说这是什么政府津贴购买邻里服务。这下可好了,眼前的事儿就算是解决了。

现在每天早上十点，下午四点，都有个小伙子来给我送饭，饭菜还挺好，今天早上吃的是豆腐肉片，还有个紫菜汤，对我们老人来说，这样的饭菜算可以的了。

——您知道后天就是重阳节吗？重阳节可是敬老节啊。

这个没听说过，没人告诉过我。

以前可能知道，但年纪大了，就不记这些节了。记这些干什么？年节都是给一家子人过的，一个孤老太太，记着有什么用？不计着倒好，记着了心里反而难受，反正又没谁来给你过这个节。

眼下解决个吃饭问题，能让我老死在自己的家里，就已经该满足了，还能惦记个过年过节？不就剩下这点儿要求了吗？饭现在是有得吃了，可说老实话，想起来就凄凉，吃也吃不下多少。

每天早上起来就一个人，晚上睡觉也一个人，也没个人说话。

大孙女心疼我，知道她奶奶除了吃饭，还想有个说话的人。这孩子命苦，死了爹、跑了娘，懂事懂得早，你别看她现在还只是个高中生，可心思比大人都老成。我心里怜惜孙女，每次见到都要塞些钱给孩子，虽然她叔叔把她当亲闺女看，可是究竟隔了一层，而且这孩子心思重，平时也不怎么向她叔叔伸手要钱。我给她钱，她却都攒了起来，前些天给我买了个手机，还手把手地教我怎么用，说晚上她能和奶奶通个话。

每天到了晚上，我这孙女都要给我打个电话，陪我聊几句。你别小看了这几句，说了，就能让我睡得稍微踏实些。每次我都舍不得挂电话，可我知道孙女快考大学了，时间紧张，每天晚上的作业负担重，我不能耽误她太多的时间。

孙女听说了我从养老院跑出来的事，跟我说奶奶我真佩服你，你这是飞越养老院！我觉着孙女说得好，我可不就是像一只老候鸟一样，自己飞着回来了吗？

孙女说等她大学毕业后，她就来跟我一起住，给我养老送终。我跟她开玩笑，说要是她找的男朋友嫌弃奶奶怎么办？她说要是那样，她一辈子就不找男朋友了。

多好的孩子啊！我都想不明白，她那亲妈怎么就舍得把这么好的孩子扔下不要了？她就不想想自己老了的那一天怎么办？人都是年轻的时候不想年老的事啊，就好像自己永远不会老一样，直到这一天来了，才知道这世上最苦莫过老来的孤单。

你给我说后天就是老人的节日了，我嘴里说是不惦记，可你这一说，我心里肯定还是会惦记的。现在我就想，子孙们谁能想起这个给老人过的节不？儿子女儿不去指望了，他们肯定记不起，可我这孙女没准能记住呢？

从今天晚上我就该操这个心了，孙女打来电话，看她能不能想起给她奶奶过节。我也不会问她，就是看她有没有这个心。

没准我孙女记着呢。你说呢？

[王姨夫妇]
—— 可是现实中,老年人再婚就是这么阻力重重

王姨今年六十岁刚过,看上去比实际年龄小很多,也就是不到五十岁的样子。可王姨特别爱强调以国家的标准算,她就是一个老年人了。

时刻强调自己的老年身份,在王姨来讲,实际上是为自己的再婚找出一个理由。

王姨退休前是一所中学的音乐老师,丈夫去世得早,王姨一个人带大了两个儿子。两个儿子如今都是年过而立的成熟男人了,王姨在自己的老年,开始了一段新的婚姻。

对于老年人的再婚问题,社会的关注度这些年持续升温,新闻媒体上到处都是对于老年人再婚持正面评价的舆论,所以,再婚的王姨愿意对人强调自己的老年身份,似乎这样一来,自己新的婚姻就具有了道德上的合理性。

王姨并不是一个思想保守的人,年轻的时候放弃再婚,是她担心新找的伴侣处理不好家庭关系,会给儿子们的心理带来阴影。本

来退休后她也没有动过这样的心思,觉得自己大半生已经这样走过来了,没有必要再去改变既有的生活模式。退休后,王姨独自居住,相对良好的身体和经济状况,都是大家所羡慕的。两个儿子也很争气,目前的事业都发展良好,虽然都已各自成家,但两个小家庭没事都会聚到王姨身边来,一大家子人结伴出去旅游。

如果刘老师不出现,王姨的老年生活也许就会风平浪静地这样一直度过了。

刘老师今年六十三岁,退休前在群众艺术馆工作,是位专业画家,有一个女儿,目前在加拿大生活。

对于两位老人的婚事,刘老师的女儿热烈赞成,可是到了王姨的两个儿子这里,却遇到了不小的阻力。他们想不通,自己的母亲不愁吃不愁穿,为什么到了老年,却要再婚。两个儿子都受过高等教育,本来是可以理解老人除了物质生活,精神生活上的需求也是非常正当的,但道理归道理,事情轮到自己头上,接受起来就颇为困难了。

为此,两个儿子开始和王姨闹别扭,自从老人结婚后,孩子们就不常上王姨的家门了,节假日也只是象征性地打个电话。见到刘老师的时候彼此都尴尬,儿子们从来不称呼刘老师,因此也就从来不搭话。没人让他们叫爸爸,王姨叹息说,叫声叔叔总可以吧?实在不行,叫声刘老师总可以吧?

这是家里的矛盾。但在外面,两位老人的再婚却显得极为体面。社区里把两位老人的结合视为了成功案例,还在市上的相关会议上作为典型和其他单位进行过经验交流。

社区这样宣传也没错，毕竟，我和刘老师是在社区组织的活动中认识的。

我们社区在全市关爱老年人这方面都是做得比较好的，成立了老年合唱团和老年书画社，我在合唱团做指导老师，刘老师在书画社做指导老师。这样就认识了，后来经常见面研究艺术，就慢慢产生了好感。社区里的领导对这种信息非常敏感，平日里就专门留着心注意，看看能不能促成几对老年人的婚事，我们之间彼此的好感，迅速被社区领导发现了，于是不遗余力地从中撮合。本来我并没有往这方面想得太多，可是禁不住他们在旁边鼓励，渐渐地也动了心。后来他们干脆拿来了刘老师女儿的信让我看，说他们通过网络和刘老师在加拿大的女儿沟通，已经成功地做通了刘老师女儿的思想工作，对方热烈支持我们再婚。这样一来，我也就有了这样的愿望。我知道我的儿子们可能会有抵触情绪，可是没想到他们的抵触情绪会这么强烈。

我把事情对他们说后，他们反对的态度让我吃惊，居然说出如果我坚持要走这一步，我们母子之间就不可能还保持像以前那样的亲密了。这话说得太重了！也许孩子们只是一时的气话，但是我听了真的很伤心。我觉得他们太不体谅我了。我含辛茹苦把他们抚养大，如今进入了老年，有自己这样的精神要求，难道真的就这么过分吗？

选择这份婚姻，对于我，对于刘老师，都是源自一种精神上的需要。我们两人的收入都不差，基本的物质需求都能够自足，在一起的时候，两个人的精神面貌都有了非常大的改变，谁都说我们变得年轻多了，这种好处，儿子们真的就不能理解吗？

是，儿子们都爱我，可他们的爱怎么会这么狭隘？

也许他们排斥得越厉害，反而越坚定了我的决心。我想，如果最终我在这件事上得不到儿子们的体谅，那么我对他们的教育就是失败的。

就这样，我等于是自己选择了自己老年的空巢生活。

以前独身，我和儿子们之间虽然没有讨论过，可大家心里有这个默契，就是等我生活不能自理的时候，就轮流去和儿子生活。现在这种设计算是被否定了，刘老师的女儿在加拿大定居，以后我们两个人，只能彼此搀扶着养老了。

之所以这么不计后果，还是因为一个人的生活太寂寞，孤独感太强烈。

孩子们觉察不到，总认为他们的母亲是个乐观的老太太，他们不知道，有多少时候我一个人的难过。尤其退休后，一下子闲余时间多了，每天一个人形单影只，日子突然变得漫长无比。遇到周末还好一些，儿子们会过来看我，但是一个礼拜有七天的时间，并不是每天都是周末啊。这也就是我参加社区老年活动的原因之一。教教老人们唱歌，指挥指挥合唱团，让我觉得生活充实一些。人心都是向往好上加好的，刘老师和我有缘分，一种更好的生活出现在我面前了，去追求这样的生活，我不认为是不可被原谅的。

可是现实中，老年人再婚就是这么阻力重重。

我有一个老同事，和我情况差不多，都是中年丧偶，自己拉扯大了孩子。前几年通过婚介，她认识了一个男的，双方都觉得合适，就决定在一起生活，还好，孩子们表示赞同，并开始为他们的再婚积极筹备。但就在这时候，男方的妻子却出现了，说他们夫妻虽然分居多年，可并没有办理离婚手续。我这同事被闹得尴尬极了，突然的变故让她的再婚成了同事间的一个笑话，孩子们也颇有些抬不起头。按道理讲，这种事情，错误又不在她，可是所有的精神压力都要她来背负。可能压力越大，人的反弹就更大，老年人似乎都有这个特征，你越压抑她，她越孤注一掷。这个同事后来又找到一个男的，但这次再婚的动议便遭到了孩子们的一致反对，似乎她犯过一次错误后，就永远没有机会了。无奈之下，两个老人只好不去婚姻登记，过起了同居生活，孩子们从此再也不登门，她在男方家的身份一直也没有得到认可。

以前我对这位同事还不是很理解，觉得她有些太不理性，现在我觉得自己多少可以理解她了。对于老人，我们都太多地强调"理性"了，有谁会从"感性"的角度多替老人考虑考虑？

儿子们反对我再婚，也是从所谓的理性角度出发的。他们说有统计支持，女性的预期寿命长，往往到最后都是男性要先离开人世，这样一来，我在老年选择再婚，并不是一个理性的选择。原配夫妻没什么好说的，可是老了再走这一步，就是给自己预订了一个

"保姆"的工作，刘老师肯定要先于我离世，那么这之前我承担了他的养老护理，最终自己还是个老无所依。这种道理可以讲，但是太冷冰冰了，就像在做交易，需要换算出相等的价值。但我们再婚，除了对于现实养老问题的考虑之外，更多的还是心灵的需要，而心灵的需要，如何能换算得这么一清二楚？

相对来说，我和刘老师之间的婚姻，物质干扰已经少得多了。我们的子女都不需要我们的物质支援，各自都生活得很好，不存在所谓的遗产问题。为了给我宽心，刘老师去做了公证，说我的房子最终只属于我的两个儿子。这个问题我本来不是很在意，我的两个儿子在这方面也没有什么要求，但他能这么做，我还是很感动。现在我们住在我这里，他的房子卖掉了，卖房的钱我们用来旅游，用来改善自己的精神生活，我觉得这样的日子很好。

——想儿子们吗？

当然想！

话说了那么多，似乎我是在抱怨儿子们对我的不理解，心里面对他们有怨气。不是的。我只能说是特别遗憾，不是抱怨。有时候我和刘老师遇到愉快的事情，心里突然就会飘过一丝阴影，本来良好的心情都会瞬间打了折扣。怎么了？就是想起儿子们了。我不由得就要这样想——如今我的这些欢乐，是以和儿子们的疏远为代价的。有时候不免也会在心里盘问自己，我这么做，是否值得？

刘老师对我很好，他们相处得非常融洽，他还问我前面丈夫的祭日，说到那天的时候，要跟我一块儿烧点纸钱祭拜。他如此对我，又让我内心质疑自己的时候感到非常内疚。

我现在常常陷在这样两难的境地，有些话，有些情绪反而不敢表露出来了，表露出来，我怕对大家都是个伤害。

如果儿子们能理解我，就是件锦上添花的事情，可是，他们为什么就不能添上这朵花呢？

前段时间刘老师生病住院了，我在医院陪护，不知道小儿子从哪儿听来的消息，也跑到了医院里。他站在病房门口不进去，我过了半天才看到他。看到他眼神的那一刻，我的心一下子就抽紧了。那不是我所熟悉的儿子的眼神，那眼神太复杂了，里面有怜悯，有不屑，有愤怒，还有委屈，似乎是在看着一个不争气的败类。

被自己的亲生儿子这样注视着，我一下子觉得那么孤独。

我从一个孤独中走了出来，如今又走进了另一个孤独。而且这孤独，还无法诉说。

老年人的婚姻关系，涵盖着比爱情、亲情、肉体、金钱更多的东西，滋味太复杂了。

因为参加社区组织的会议，我听来一组数据：中国六十岁以上的老年人中，无配偶的达百分之三十几，这其中，有再婚意愿的达到将近百分之四十，可是真正付诸行动的，却不足百分之七。

我现在知道了，为什么会有那么多渴望再婚的老人，却在婚姻的门口裹足不前。

社区里有位八十岁的老人，老年再婚后，居然成了子女推卸赡养责任的借口。老人被查出了癌症，住进医院，一直是七十多岁的老伴儿陪伴伺候，给他的子女们打电话，只有女儿到医院看了一眼父亲。

我的情况没有这么糟，但是我现在很怕听到类似的事情。全社会都在表示应当鼓励老年人走进新的生活，可是大家听到的，多半又是老年人再婚后的负面消息。现实和理想的落差就是这么大。

这也是我愿意配合社区宣传老年再婚益处的原因。我想起码我应该以自己微不足道的力量，在铺天盖地的负面报道中增添一些光明和希望。我想让大家知道，真正的幸福最后总是把握在自己手里，社会应当尽量为老年人提供了一个更为广阔的情感交流空间，为他们营造一个尽可能自由的氛围。老年人的婚姻毕竟不是一场交易，幸福的生活终究是无法用物质来衡量的，不要一提到老年人再婚，首先就用交易的眼光去衡量一切得失。

我这样去宣传，实际上也是在给我自己打气。我很怕某一天，因为对儿子们的思念，让我的心里对自己今天的选择产生动摇……

[李大妈]
—— 怕哪天他也去跟花草说上话了

李大妈今年六十三岁,一辈子没有正式工作,目前领着一份城市低保。李大妈的老伴儿六十五岁,退休前是市政公司的工人。两个老人育有两个儿子,小儿子在成都工作。

李大妈在我家楼下摆着个小摊,卖些袜子、针线等小物件。老人说挣不上什么钱,一天也就能挣个十来块,但好歹也是个补贴。

老伴儿的退休金微薄,支撑日常家用勉强够花,但加上两个老人看病吃药的费用,就显得捉襟见肘了。十多年来,李大妈做过各种不同的小买卖,还养成了随手捡拾垃圾的习惯,纸盒、饮料瓶什么的,积少成多,每个月也能为家里换来几百元的收入。

李大妈家是拆迁户。老房子拆迁后,给她家分了一大一小两套房子。以前大儿子和老两口住在一起,那套小一些的房子租了出去,每个月的租金是家里重要的一笔收入。但后来儿媳妇总和老人闹矛盾,儿子一家干脆搬进了那套小房子。两套房子离得近,分开后,一家人的生活成本却摊高了。用李大妈的话说:本来开一个伙做的饭,现在开成了两个伙,本来是一个锅里多添几双筷子,现在是几双筷子分头往不同的锅里捞。低收入家庭,不得不这样斤斤计较着盘算。

对儿子的这个选择,李大妈心里当然很有意见,这成了她如今最耿耿于怀的事情。老人认为这都是儿媳妇蛊惑的结果。但即便有意见,老两口还帮儿子带着孩子。

小摊儿的生意果然冷清,我坐在一边儿和老人聊了几个小时,只卖出去了一双鞋垫。鞋垫一块钱,李大妈说能挣两毛。

可就是这样一个小买卖,李大妈却风雨无阻地经营着。

老人说,能挣几个是几个吧,现在别的干不动了,在家闲着也是闲着,出来摆个摊,也算是有件事情做,而且好歹也能挣俩。

街道上本来不允许随便占道摆摊的,但李大妈多少年来和街道干部关系都处得不错,人家对她的小摊就睁一只眼闭一只眼了,只是上边儿来人检查的时候,才让她把摊子收掉。

老伴儿的身体不好,被年轻时候繁重的体力劳动过早地压弯了腰,现在的背驼得特别厉害,李大妈心疼老伴儿,除了摆摊儿,到了点数就跑回去做饭,小摊儿就撂在那里,无人看管,也丢不了个针头线脑。

我们当然愿意和儿子媳妇一起住,本来多好的事情,可媳妇就是不愿意,住在一起,嫌我不爱收拾房子,嫌我做饭舍不得倒油,嫌我总把瓶瓶罐罐的捡回家。家里条件差是不假,可是勤俭一些,到啥时候都不是个过错吧？但这个道理没法跟她讲。现在的女人，都养了一身的坏毛病。儿子不容易，工作一般，到了三十多岁才娶上这个媳妇，凡事不敢不听媳妇的，看着他夹在中间受气，我们老两口心里也过意不去，只好随了媳妇的愿，分就分了吧。

这一分，把我们本来计划好的事情全给打乱了。本来我们计划着，两套房子，以后留给两个儿子，大的给大儿子，小的给小儿子，大儿子和我们住，算是替我们养老送终了，所以大房子给他。分家是我们身后的事，现在我们活着，这个家按理说是不能分的。小房子租出去，每个月有一千块钱的收入呢，这钱全是我们老两口花吗？当然不是，还不是全用在一大家子的开销上了？可是这个账媳妇就是算不过来，也可能人家是根本看不起这种算账的方式，总之就是要搬走，说宁愿不要大房子了，大房子等我们死后爱给谁给谁去。

搬出去后，儿子也觉得心里对不住我们老两口，经常买些菜偷偷地给我们送来。这本来是好事，说明儿子心里有我们，但分家后儿子的孝顺，就显得有些生分，显得是和我们客气上了，天经地义的事儿，也变得偷偷摸摸的了。两家其实就是几分钟的路，但让人感到了疏远。

我们现在还帮他们带孙子。娃只有五岁，还在上幼儿园。早上老伴儿早早在儿子楼下等着，接了孙子送到幼儿园去，晚上又去接回来，看着把饭吃了，再让他爸妈接回去睡觉。

有的老姊妹给我出主意，说既然媳妇这么不懂事，就别帮着带孙子了，让媳妇自己受苦去，也好知道点儿日子的不易。我也想这么做，狠下心，惩治一下媳妇，但老伴儿不同意。老头子爱孙子呢，你不让他带，倒是先惩治了他。这就是老人的把柄了，离不开亲情，离不开骨肉。

我那老伴儿一辈子是个不太会疼人的，不是心不好，就是那么个性格。我这辈子跟着他，吃苦受累，也没见着他嘘寒问暖，但老了以后，对儿孙们，他倒是温柔得不行了。小儿子在成都，老伴儿天天晚上要看电视上成都的天气预报，啥时候有风啥时候有雨，他心里头都清楚得很，给小儿子打电话，叮咛儿子加添衣裳。小儿子听了自己都吃惊，说爸你是神仙啊，能掐会算？我这儿有没有太阳你都知道。

小儿子过年回来给了他爸一部手机，现在老头子走哪儿都要把手机带上，就怕错过儿子给他打的电话。老头子没啥文化，可为了给儿子发短信，硬是把拼音学会了，字儿不一定是那个字儿，但好歹能说明白意思，他儿子能看懂。

老伴儿年轻时候下的苦太大，老了身体就垮了，以前一条胳膊能夹两袋面的人，现在二三十斤的米面得我俩轮流拖着才能弄回家。前年，老伴儿因为肠胃病动了个手术，花了将近两万元，手术后，这身体就更是大不如从前了，背一下子也变驼了。去年，他又被查出患有胆管结石，医院说需要动手术，但他最后还是选择在家养病算了，主要还是经济方面的原因，缺钱，动手术太贵了，不是马上能要人命的病，能拖就只好拖着了。

我这身体眼看着也不中用了，血压老低，最近睡觉起来眼晕，要在床上再躺一会儿才敢下地。

这就真是到了需要有个人在身边的时候了，也不是伺候我们，就是多个看顾。可这时候，儿媳妇又闹了个分家。

我们最怕身体突然出现个好歹。前些日子社区给每个老人发了台"老人机"，说是什么带"SOS求救"的，老人遇着危险的时候，按一下按钮就行。这玩意儿管用，老头子好奇，试过，按了按钮，几分钟后果然社区的人就来了，让人家虚惊一场，怪不好意思的。可是，万一老人倒下的时候都没来得及按按钮咋办？那就是人算不如天算了，该着你活不成。

小区里这事不是没发生过。去年就有个老头死在自己家里了，四天后才被人发现。社区干部一连几天没有见到人，打了110报警，最后消防队的救火车都来了，从窗子进去的，进屋一看，人躺在客厅的地上，脸色发黑，穿戴得倒是整齐，像是要出门的打扮。

警察检查了，说是正常死亡。老头一直有脑血栓和心脏病，因此邻居都认为他很可能死在这些病上了。

这就是正常死亡嘛，正常得很！死了四天都没人知道呢。"老人机"他也有，但这机子就是没按响。

这老头可是个怪人呢，平日里留着把白色的小山羊胡子，花白头发长到肩膀上，还扎个小辫儿，听说是个画家，名气大得很，每个月政府都给发特殊津贴。老头一个人住，门口还挂个"请勿打扰"的牌子，跟别人说话，只开门上的小窗户，要么就只给人开半拉门，门里黑咕隆咚的，有进去给他修过电路的，说屋里地上、桌上、床上到处都堆的书和画，睡觉得先把单人床上的东西推开。他自个就坐在床上，也不知道张罗人，凳子上到处都是土，让人都没个地方坐，进屋就老站着。

我在院子里见过这老头跟花草说话，弯着腰看花，嘴里慢声细语地念叨：这是谁家的闺女呀，长得真好，多好看呀。可把我给吓坏了，他一抬头看见我，转身就走了，眼皮望天，瞅着云彩就走过去了。

就是这么个人物，就这么正常死亡了，死的时候也就是六十岁才出头。

——可能是太孤僻了吧？人老了还是要多跟人打打交道。

可不就是太孤僻了嘛。所以我现在摆着个摊儿，除了补贴家用，也是个散心解闷儿的事。让我整天呆在屋子里，可能就离"正常死亡"不远了。

每天坐在这儿，虽说没几个生意，可这人来人往的，我就看人。看人可有意思了，你别看一个个都像模像样的，可心里头十有八九都揣着心事。现在人的心事跟过去不同了，过去人艰难，但艰难得简单，大部分就为个米为个面，为个上顿和下顿，现在人的艰难可复杂着呢，五花八门，各有蹊跷。你从人的气色就能看出来，以前人的气色是黑黄的，现在人的气色是青白的。

我那媳妇有时候从我摊子前过，一声招呼都不打，也像是个过路的。我也不生气，人看得多了，在我眼里就都成过路的了。

这是我的心劲儿，可我不想让老伴儿也跟我一样，我还是劝他多出门走走，多跟人打打交道。院子里总有一帮老头子聚在一起打牌下棋，他从来都不掺和，说生那闲气干啥？——下个棋打个牌咋就成生闲气了？也倒是，老头子们都认真得很，爱较真儿，经常为个下棋打牌的吵架拌嘴。他还不爱出门，有时候到公园儿遛个弯，我饭还没做好他就又回来了。我问他：平时上个楼都要歇几次，去公园遛弯怎么倒回来得这么快？他说公园里乌烟瘴气的，他看不顺眼。——公园怎么就乌烟瘴气了呢？后来我才知道，那里面儿有一群女人专门勾搭老头，就是卖淫，十块二十块的，也真有一群不自重的老东西贴在那儿。这么看的确是不能老去公园了。

　　社区里组织的老年人活动，我和老伴儿都没有参加。干部上门来动员，我也只推说是还要带孙子做买卖，没时间。其实不是没时间，我们现在最不缺的就是时间。孙子就是一接一送、喂顿饭的事，你看我这买卖，清闲着呢，摆一天不摆一天的，其实关系都不大。没时间就是个托辞。我们不参加，是因为觉得自己和人家不合群。

　　都是什么老人组织在一起活动？退休干部，退休老师，都是这样的人。所以这种关心老人的活动，我们没什么份儿，不是人家嫌弃我们，是我们跟人家凑在一起自己心里别扭。唱歌跳舞的事儿，我们做不来，也想，可这辈子，就不是唱歌跳舞的命。这种活动有两类人不会掺和，一类是那个正常死亡的老画家，人家是心气儿高，不屑于去，另一类就是我们这样的人，不是我们把自己看低了，是我们摆得清自己的身份，知道自己的斤两。

不下棋不打牌，不上公园，不参加社区的老年活动，老伴儿整天也就只能闷在屋里了。他还不如我，我天天摆摊儿，就是没人说话，嘴闲着，眼睛里也还没闲着。老伴儿每天接送一下孙子，就是他现在唯一出门的时候。为这事，我蛮担心，我怕哪天他也在家憋出个毛病来，回头也去跟花草说上话了。

一辈子，我就是个替别人操心的命，没谁操心过我。

我就是个铁打的？当然不是了。我心里也有苦。其实我心里现在最大的心病没人能知道。

是啥？是我妈。

我妈在农村，今年高寿都快九十了，家里说是还有几个兄弟姊妹，可老娘也是一个人住。以前忙着对付自己的日子，想娘想得少，也顾不上，如今自己也老了，就知道为娘的苦了。可是这心思只能自己搁在心里，没人会替你想着，好像我这把年纪了，再往上那个更老的，就像一个传说了一样，可以当成个不存在的事儿。

再说了，就是有人跟你说又能怎样？我还能给我娘养老去？我这连自己怎么养老都没着落呢，所以也就是只能藏在心里，自己偷偷地难过。

半年前我开始偷偷往家里寄钱，每个月一百块，都是我捡破烂换来的。我心想这一百块放在农村，没准能顶点儿用，关键是自己的一份心意，也不知道我那老娘能不能收到，能不能知道她这闺女开始记挂她了。

这事不是不能让老伴儿知道，他的心眼没那么小，不会怪我的，可我就是觉得这该是件私密的事，是我个人的心思，是个不想让人知道的事情。

　　每个月我去邮局寄钱，回来都要偷偷哭一回。那几天的心情就特别不好，整天一个人发呆，有人来买鞋垫儿，都不太爱招呼人家，看着什么，都不像平时里看的那个样子了，甚至看到院子里的花花草草，也有了想上去说上两句话的念头。

　　说啥？说说我想我娘，说说我小时候的事儿……

[任兄]
—— 中国人到了老年，以"被人服务"为基本诉求

任兄今年六十二岁，是我视为老师的一位先生。论年龄，他比我年长不少，但多少年来，他都让我对他以兄相称。

退休前，任兄做过我们省作协的主席，他老伴儿的工作关系在厦门，老两口有一个女儿，如今在美国生活。知道我在写空巢老人，任兄说他不就是个空巢老人吗？可以跟他聊聊啊。他一说，我才恍悟，原来真的是这样，我身边的许多师友，如今就是严格意义的空巢老人。

退休前，因为不用坐班，任兄冬天和老伴儿一起去厦门，夏天则回到北方避暑，像一对随着气候变化而迁徙的候鸟。退休后，老两口则往返在美国和中国之间，说是挣的那些钱，"都扔在太平洋上了"。

出国次数多了，有了在美国生活的经历，任兄的观念转变了不少。最显著的是，在穿戴上，任兄变得讲究起来，牛仔裤，格子衬衫，配一顶棒球帽，让这位老兄显得年轻了许多。

他目前的状态，我个人觉得反倒比在职的时候强，彼时的任兄，常年熬夜写作，又是个著名的老烟枪，见面的时候，常常是一副灰头土脸的样子。他的好状态，也是我在潜意识中没有将其看作是一位空巢老人的原因。为了写这部书，我在如此集中的时间里访问了如此之多的空巢老人，基本情绪都是偏于悲观的，老人们的讲述，总体上是那种秋天一般的萧索，所以，我下意识便忽略了也有像任兄这样状态良好的空巢老人的存在。

任兄毛遂自荐，要做我的受访者，对此，我当然求之不得，有了他的声音，也许对我所书写的这个题材，会是一个重要的平衡。就像是一部低沉的交响乐，其间总是需要一些明朗的音符。

而且，作为一名严肃作家，对于空巢老人这个问题，任兄也不乏自己的思考，他的一些想法，对我的写作更是不无裨益。

如今的任兄，身体上没有大的疾病，一些老年人难免会发生的机能的衰退，在他看来，也属于自然规律。烟他已经基本上戒掉了，只是偶尔和朋友们聊得高兴才会点上一支，点上后，并不一次吸完。吸几口便掐灭，过一阵再点上，一支烟分三五次才吸掉。

如果说空巢生活让他感到了什么不适，那就是和人打交道的机会在日益减少。任兄说这一点其实挺可怕的，人有社会属性，但年老后，人的社会属性就在日益收缩，个人角色渐渐只有在家庭里才能成立，而空巢老人的家庭角色感也在收缩，身边没有子女，父母的角色就等同虚设，有些丧偶的，作为夫妻的角色感也荡然无存，这样，人就真的成了"那个孤独的个人"。

但这也是一个自然规律。人终究要回到"那个孤独的个人"。任兄如是说。

这两年总去美国,不免就会在许多事情上拿来和国内做比较,多一个角度,多一种生活体验,的确有利于我们思考问题。

比如说,我就发现一个现象,每次去美国,我都会有一段时间身体上的不适,可是很奇怪,只是不适,休息几天后就能恢复过来,从来不会发展成病情。在国内就不是这样,感到不适了,势必会生病,最少也是个感冒咳嗽。但在美国就不会,这也许和整体的生活环境有关,空气,饮水,等等吧,美国的生活环境能够抵御许多疾病的发生,生活在那里,对于疾病,好像天然就有一种防御。当然,这个我没有看到相关的科学依据,也谈不上在思想上崇洋媚外,只是我个人的一种切身感受。

自己是个空巢老人,所以在美国,我就特别留意美国的这种社会现象,想拿来做个比较和参考。其实所谓空巢老人,在我看来,只有在我们这里才成为了一个严峻的社会问题,这个词汇,本来应该是中性的,只用来说明一种老年生活的状态,里面并不一定必然指向着困境。在美国,九成以上的老人就是过着空巢生活,在他们看来,这样很自然。这里面当然首先是一个观念上的不同。在中国,子女们孝敬父母的重要指标就是让父母享天伦之乐,就是一大家子人聚在一起,这是传统文化所强调的。但是,美国老人大多崇尚独立生活,在文化上,没有这种承欢膝下的要求。

而且，相对完善的社会保障，也给美国老人的空巢生活提供了条件。

我女儿的邻居，就是一位年过八旬的老太太，她一个人生活，腿脚很不灵便，但也不愿离家去养老机构。所在区域成立有老年互助团体，老人每年只需交纳几百美元的会费，就能以低廉的价格享受社区提供的购物、医疗等服务。这种老年互助社区在全美非常普及，一般都是邻近街区的老人为对付"空巢"而自发组成的。平时，空巢老人们一起开展活动，当行动不便的空巢老人有生活难题需要解决时，其他健康的老人就会提供帮助。如果有些事情，难度超过了老人们的体力或技术能力，社区管理方就会请相关人员处理。互助社区不但解决老年人的生活难题，还提供许多精神方面的帮助，这位邻居老太太，那么一把年纪了，还参加了社区组织的"椅上瑜伽课"，每次上课前，社区管理方都会为她提供免费的交通服务。

除了居家养老，美国老人当然也可以根据经济条件，选择入住或租赁高档公寓和政府资助的养老机构，后者是主流，主要面向中低收入老人。老人自己只出大约三分之一的费用，其他部分由政府支付。但是，美国许多老年人根本不把自己当老人看待，不愿住养老机构，而是发扬个性自我。女儿跟我说，她的一位同事，有两个儿子，自己退休后不愿和儿子同住，也暂时不想面对纯粹的老人环境，便将房子出租，将汽车卖掉，搬到交通便利的普通公寓，和一帮年轻人混居一起，天天唱歌跳舞。

我去参观过美国的养老机构，就是住在里面的老人，穿戴得也比年轻人还花哨，花花绿绿的，一群老顽童，像个大游乐场。一些老人坐在轮椅上也要排练表演节目，做游戏。当地养老院协会也经常举办各种活动，还给老人举办选美比赛，百岁老人摘得选美桂冠这样的事情都不鲜见。

在我们这里，你出去看一看，公园、街头，到处是聚在一起打牌的老人，这种场面在美国根本看不到。美国老人更崇尚和大自然的交流。"最大的快乐是去享受那些大自然赐予人类的一切美好的东西"，这句话现在是美国不少老人的座右铭。

这种差异，除了文化上的不同，当然也和物质条件的不同有关。但是中国老人如今有些物质基础也算得上是不错了，可是依然没有几个在观念上真正转变。前不久我看到一个新闻，说一对美国老年夫妇，两人退休前曾失业许久，可是，为了实现旅游梦想，他们拿出所有积蓄，也就是不到一万美元吧，东凑西凑后，买了一辆老旧的旅行房车，走上了边打零工边旅游之路。从这则新闻，我们就能发现两国老人对待老年生活乃至对待生命的态度何其不同。

中国人到了老年，以"被人服务"为基本诉求。这种诉求在中国人心里几乎是天经地义的，都觉得人这一辈子，年轻的时候付出，老了以后，就应该被回馈，成为接受服务的一方，在家里对子女是这种心情，在外对国家、对社会也是这种心情，这种心情被满足了，就觉得是颐养天年，不被满足，就觉得是老无所依了。

可是美国老人不是这样，即使进入了老年，能够为社会服务，依然是他们自我存在的一种需求。你看，比如说，无论是大雪纷飞还是大雨倾盆,在美国中小学周围的十字路口,你经常会看到一些穿着橘红色马甲的老人在维持交通秩序,手中拿着一面小旗,上面写着"stop"(停止)。老人们做这些工作,完全是自发的和义务的,这是他们内心的需要。在美国,热衷于参与义工活动的老人比比皆是,比如为留美的国际学生做英语辅导,在医院和机场为活动不便的人推轮椅,开车接送一些没有车的老人和穷人去购买食物、看医生等。通过帮助他人和参与社会活动,他们觉得能够保持与社会的联系,从而获得成就感和生活的满足感,退而不休,几乎是美国老人的普遍状态。据说全美四分之一身体健康的老人,一周至少要花上四个小时外出做义工。这个数据令人感慨,想一想我们,大多数人可能一辈子都没有做过一小时的义工吧?

这种"服务"与"被服务"心态的不同,在很大程度上决定了两国老年人在晚年时精神上的不同。乐于"服务"的,即使物质条件很差,但精神上也是乐观和积极的,乐于"被服务"的,即使日子已经过得不错,精神上也还是容易消极悲观。中国老人普遍怨气很重,觉得事事都不如意,还是因为这种"被服务"的愿望没有得到最大的满足。

——这种比较很有现实意义,也值得我们思考。感受了不同文化之间老人的生活态度,对你个人的养老观念有什么启发呢?

启发当然不少,起码让我不至于太消极吧。

但是也必须承认,文化的差异的确是巨大的,在根本上决定了中国老人目前无法效仿美国老人的生活态度。在美国的时候,我觉得人家的生活方式天经地义，可是一回国，就完全又是一种中国式思维了。这就像接受的空气和水不同一样，不同的现实条件，决定了人只能服从自己的客观环境。

不用讳言，我现在最大的困扰来自孤独感。

退休后和社会的联系不再那么紧密，和老伴儿之间也没有太多的交流，孤独是必然的。我也想不如出去做做义工，可是也只能限于想一想而已。比如说，我想我能去中学指导指导学生们写作文，可你能想到如果要去落实这个想法会有多难，你去和校方联系，被婉拒的可能性非常大，中国孩子的高考压力这么大，不会情愿去花时间学习那种不以高考为目的的作文方法；关键还是我的心态，一回到国内，我就不愿意出门给自己找麻烦了，本来是个积极的心情，但在我们这个环境下，我就开始担心会有人说闲话，说我爱出风头什么的。在美国，这种担忧就不会有，怎么会有人说外出做义工的老人是为了出风头呢？这就是国情的不同。

举这个例子只能泛泛而谈，就是说明一下入乡随俗，即便我体会到了文化之间的差异，但想真正借鉴人家好的方面，用来指导我在国内的空巢生活，依然是难以生效的。

回到国内，每天实在没事可做，我也只能到楼下转转，看到有人下棋，不由自主也就围上去看，看着看着，也就挤进去下上几盘，一来二去，大半天就过去了。

下棋都是坐在个小马扎上，人弯着腰，时间久了，一站起来天旋地转。关键是心情也会变得很糟糕，往家走的时候，孤独感会更加强烈，觉得自己的生命就将这样虚度而过了，就将蜷缩在一把小马扎上昏天黑地地流失殆尽了。

这种情绪特别不健康，也格外让人沮丧。

中国文人特别容易流于消极，而且自命清高也是骨子里特有的毛病，这些特点都非常不利于老年生活。孤独当然是人类永恒的本质，但如何让孤独变得庄重，变得威严，配得上它对人性的塑造，如何在孤独面前，做到哀而不伤，我认为这是我现在应该认真思考的。

我很害怕自己在肉体软弱的同时，精神也一步步沦入仓惶。

老年人的空巢生活，在我看来，最大的挑战还是精神上的，而最大的风险，也只能出在精神上。肉体的消灭不可阻挡，总会有一天走向完结，这个过程中，人的精神如果能够学会从容，学会平静，痛苦就会减弱，心情就会在坦然中走向终点。

我见到过许多老牛自然死亡时的眼神，里面没有一丝恐惧，很和煦，你几乎看不到它从生到死之间的那个障碍。我也见过许多老人闭眼的时刻，眼神中却多是戾气，要么怨憎，要么愤懑，要么不甘。

难道，我们活了一辈子，都学不会一头牛的矜重吗？

[徐老]
—— 我在这世上太孤独

徐老今年八十一岁。退休前，徐老是一家大医院的护士长。老人如今住在养老院。养老院里对所有老人均以"某老"相称，所以，大家叫她"徐老"。

在整个访问空巢老人的过程中，我去过这家养老院许多次，有的时候，只是为了保持一种与老年人息息相关的写作情绪。在这里，为了拉近和老人的关系，我和儿子都换上了养老院工作人员的制服——红色的T恤，上面印有这家机构的名字。在老人们眼里，我们可能就是养老院里新来的工作人员，我与他们交谈，聆听到了许多感性的写作素材。

但养老院里我最终决定写进本书的老人，只有徐老一位。

因为，说起来，如今已经住进养老机构内的老人，似乎与"空巢老人"的定义不符，尽管这些老人在入住之前，都是最标准的空巢老人。

我觉得，养老院里的老人是心灵上比空巢老人们更为忧伤的一群。居家养老之时，老人们饱尝空巢之苦，但基于中国人传统的观念，依然住在自己熟悉的家里，对老人而言，仍算是差强人意的安慰，如果不是到了万不得已的情况下，几乎少有空巢老人甘愿住进养老机构。在许多老人眼里，居家养老，是他们前一段人生的最后阶段，住进养老院，另外的人生就开始了。而这"另外的人生"，需要适应新的环境，需要调整自己一生养成的生活习惯，尤其是，需要直面那个最后的终点。

我将养老院中的老人，默默定义为"后空巢老人"。

促使我在这部书里收进徐老讲述的内容，原因是，她给我的印象太深刻，她空巢生活时遇到的困境也具有代表意义，那就是——被子女虐待。

子女虐待老人这样的事情，其实也已经是个严峻的社会问题，但在访问老人的过程中，鲜有老人对我正面提及儿女们过分的行为，个中原委，我能够理解。毕竟老人们还生活在人生的"那个阶段"里，在那个阶段里，他们的社会关系、亲缘关系，依旧束缚着他们，委曲求全，或者"为亲者讳"，也是需要的人生态度。而在养老院里，老人们控诉子女的不孝，却很容易听到。这种下意识的、与从前的决裂之情，尤为令人沉痛。

住在养老院的徐老独居一室，屋内收拾得干净整洁，一张医疗专用床，一张写字台，一把椅子，一个衣柜，一台电视。我打听了一下，像她这样生活能够自理的老人，居住这种标准的房间，每个月的收费是一千八百二十元。

徐老说一口南方口音的普通话,语速缓慢,神情平和。老人清瘦,看得出年轻的时候一定是位容貌端庄的南方女子。

对于她的讲述,我几乎完全如实记录,根据录音笔里的内容,逐字逐句地转述成文字。有些重复和不连贯的地方,我也尽量少做调整。我想在最后的这个部分,还原出一位老人真实的叙述特点,还原出一位老人倾诉时那种独特的语境。

在采访的最后,老人说出了那句令我沉痛莫名的话,也是促使我将她写进这部书里作为结尾的原因之一。我认为,用这句话结尾,可以代表自己结束这个写作计划之时,对这段日子以来所有受访老人敬重与惜别的心情。

我以前在医院做护士长,五十五岁退休,现在已经退了二十六年了。之前,我有过一段婚姻,爱人也是南方人,不到六十岁的时候,早早去世了。

这一生,我没有自己的亲生孩子,后来的儿女,都是再婚后老头带着的孩子。

我有一个哥哥,在北大做教授。先前的爱人去世后,哥哥对我说:你还年轻,有合适的再找一个。我嫂嫂也在大学工作,常常来这个城市的J大出差,她跟J大的人说有合适的给我找一个,因为觉J大这个单位条件比较好。

我说我不敢找,前怕虎后怕狼。听懂我的话了吗?我前怕虎后怕狼,就是做比喻,说明对于再婚心里没有底儿的意思。

我以前在苏州一家医院工作，1958年调到这里来，和我一起来的一个同事，她的爱人也在J大工作。有一天这个老同事碰到我，问我：你怎么这样瘦？我讲我爱人去世了。她说你瘦成这样不行，身体受不了，有空到J大我家里来玩，散散心。我后来就去她家玩。她爱人对我说：呀，你这同志可好了，我也有个同志，人也可好了，我给你介绍认识。

介绍的这人最后就成了我的老头。我这老头比我大七岁，他是个厅局级老干部，在J大做武装部部长。我把这个情况写信告诉我哥哥，我哥哥嫂子同意，说条件挺好的。

我这个老头是东北人，但他参加革命早，全国各地都去，所以生活习惯就不是北方人的习惯了，我做饭什么的他都挺适应。我们两个人感情也很好，相处了二十五年。

二十五年，时间不短啊，他有四个女儿两个儿子，我去的时候，他小儿子还没有结婚，老头替小儿子担心，我说没有结婚不要紧，我自己没有孩子，我会把孩子们当成我的孩子一样。

这样一家人相处得还不错。但是去年老头去世了，这些孩子们却跟我变脸了。

老头去世后，我把他留下的存款全都分给了孩子们，我自己一点都没有留，我想我自己也没有孩子，也不需要，我留着干啥。连后来学校老干部办公室打电话让我去领的房子补贴，我也分给了他们。作为个继母来说，我够意思了，我没有独吞，我考虑自己年龄大了，还把我全部的金银首饰都给女儿们分了，分的时候她们都

"谢谢妈，谢谢妈。"

老头去世前也给他们说，你们要孝敬你妈妈，你妈妈这个人好，我们既然组织了这个家，我有个条件说给你们，就是我死后不许送妈妈进养老院。当时他们也答应了，当着老头的面对我说：妈，你放心，爸不在了，我们当你是我们的亲妈。我当时听了心里挺高兴。所以老头死后，我在这里也没个人商量，我就自己做主，把钱给他们一分。分的时候同事什么的都不知道，我想这是我家私人的事情，自己家里人知道就行了。

分完了以后，他们的态度一下就不一样了。

老头死后我一个人住，他们每个星期天还回来吃饭。

回来后他们就胡作非为，太可恶了，成啥样了！我说有个摄像机把他们的样子拍下来让大家看看就好了。邻居不了解情况，都说我是有福的老太太。他们每次回来提着东西，在门口喊：妈，我们回来看你了！这是让邻居听的，一进门就向我伸出手，啥意思，给钱，他们买十块钱的东西，我要给一百块。关起门来他们吹胡子瞪眼的样子，别人都看不到。

小儿子是个浑人，二十五年来，他没叫过我一声妈。四十岁的时候，他就给领导提出内退，领导说你四十岁内退啥？他跟领导闹，最后还是办了个下岗。下岗后他工资少，就靠我们补贴。他爸活着的时候他不敢，他爸死了，他叫我把我的工资全部交给他，说：我一个月给你发三百块钱，一天十块钱，早上不要吃面包，不要吃牛奶、鸡蛋，花钱，就吃个馍馍，中午米饭，就吃点素菜，吃荤菜血压要高，晚上南方人爱吃泡米饭，泡去。我说：这样下来一个月我就会瘦成皮包骨头。他们说有钱难买老来瘦，要不叫我兄弟回来和你一起住。我说我养不起，我养你兄弟做啥，你爸在工资也高，可以养你兄弟，你爸不在了我养不起。大儿子说：我兄弟就是把刀架在我脖子上我也要给我兄弟贴钱。我说：你是他哥你愿意贴你就贴。大儿子就骂我说：你就是个继母！你是个啥东西！

从此就对我经常大骂，老不死的，老东西。

我过生日的时候，小女儿说妈妈，给你过生日，大儿子来了说过啥生日，不过生日，九十岁了再过。我听了没说话，心想不过就不过。结果那天他们回来，呦，你没见，就这么拍着桌子骂我，吼我：快走快走，你咋还不走。就这么撵我走。我说我会走的，只不过时间还没到，我上海有人，北京有人，现在让我走我还没联系好，我联系好我会走。但是我想不通，我在这个家二十五年，我不是两年零五个月。我平时工作、为人，没有亏过良心。你们开个介绍信到我单位了解了解去，我没有犯过错误，没有受过处分，什么运动来了，我都没有问题，我也不是什么历史反革命……

他们这样逼我，我实在受不了了。那天我搬了个梯子，找了个绳子，准备去死。我两天都没吃饭，没出门。邻居两天没看见我，敲门进来，看见梯子和绳子，大叫：你这是做啥！不想活了！她把我骂了一顿，说你身体好，你这样死不是白死？我说你不知道，那个小儿子，他爸在的时候就无法无天，指着鼻子骂我是个老不死的老保姆，他爸不在了，我现在不顺他的意，他回来还不把我杀了去？其他兄妹对我都是表面上过得去，和他们兄弟，还是合穿一条裤子。

其实我对小儿子不薄。我去他们家才给小儿子操持着结了婚。小儿子找的是农村媳妇，那时候没房子住，大儿子说让到农村住去，我不同意，我说我们住着三室一厅，又不是住不下，干啥要让去农村住？我就叫小儿子住在家里。我要是不把他当自己的孩子，我就不会叫他住在家里，而且管吃管住，一分钱都不收。所以说我够意思，因为我自己没有孩子，就把他们当亲儿女一样对待。

我从来不看病，我的医疗卡都是让他们拿去买药，一刷就是八百，一千。

我跟他们说，这些年你们回来，哪一次我让你们吃汤面条？哪一次让你们喝稀饭吃咸菜？哪次不是七七八八好几个菜？我是南方人，弄二十几个菜没问题，虽然后来我腿跌了，我还是早上七八点钟就起来，身上挂个兜兜，出去买了菜回来做给他们吃。

他们回来打麻将，我端茶送水来回跑。他们都是肩膀架着个脑袋，向我伸手，老太婆给些钱，我们打麻将。谁都不到厨房里帮忙，我一个人，洗也是我，切也是我，炒菜也是我，炒一个菜端出去给他们吃，炒一个菜端出去给他们吃，等我出去吃，饭也凉了。菜没吃掉的，这个说他喜欢吃，晚上要带回去，那个说他喜欢吃，晚上也要带回去。吃完饭，我在厨房洗碗，他们就喊：老太婆，烧开水泡茶。

我家以前雇保姆，都是喊保姆一个桌子吃饭，保姆叫我阿姨，叫老头姨夫，保姆都说，啊，这个阿姨好。

可我在他们眼里都不如保姆。这样的结果，真叫我伤心。

老头死以前，给家里的保姆说，我给你拜托个事，你阿姨人可怜，从小没有妈妈，在这里也没有亲人，我要走得早，拜托你照顾你阿姨。保姆当着我的面说：娘，以后我就叫你娘。老头对我说，他走了家里就让我和保姆住。保姆说她自己家里也盖房，到时候装上暖气，也可以接我去住。老头死后保姆被大女儿赶走了，说我有他们养老送终呢，保姆走的时候，哭成了个泪人。

打一天牌，输了的就都喊我要钱，赢了的，走的时候把一沓沓钱数完，叭，给我往桌上扔两块钱：一天的电钱。我三间房子装了两个空调，他们嫌热，空调都打开，吊扇也打开，两块钱电钱都不够。

他们回来就是问我要钱，说我的钱一个人花不完。有时候带几十块钱的东西回来，就要问我要几百块钱。他们去苹果园摘苹果，自己留下的这样大，给我留下的这样小，还要问我要钱，一斤二十块钱。

人要讲良心呢。我从小没有妈妈，爸爸给我娶个继母，这个继母对我就不好。我说我当继母，就不能对人家孩子不好，我一定要让孩子们得到母爱。所以我老头活着的时候，跑到老干部办公室，对人说，我这个老婆好，我老婆自己没有儿女，就把我的儿女当亲生儿女一样。老干部办公室的人都夸我：阿姨你人好，阿姨你人好。

不是我自己夸我，我人好都是有名气的，同事邻居都夸我人好。

老头死后我做梦梦见老头，老头问我，你现在好不好，我说好，你好不好，你想我不，我可想你。醒来后，才知道是个梦。我把梦说给他们听，他们就说：爸想你了，让你去陪他，你啥时候去？你说这问题让我咋回答？我当时坐在那里，浑身都气得发麻。我到现在八十一岁了，可我身体很好，耳朵不聋，眼睛不花。但大女儿说：我跟你说话。我说：你说。她说：爸叫你去，爸叫你去和他作伴。这意思就是叫我去死。我说：我身体好，除了跌过一跤，腿上装了假骨头，走路有些不方便外，我好好的，怎么让我去见你爸？

按理说女儿都当妈的小棉袄，哪有让妈去死，去陪她爸的？太可恶了！

有一天电话铃响，我去接电话，女儿在电话里直接跟我说：死老太婆，跟你说话你咋不听？叫你去陪爸咋不去？我说怎么办，我跟你商量，你比我年轻，你走得比我快，你先去看你爸，我后去。她听了气死了，说：到礼拜六礼拜天把我哥叫来，把我弟叫来，全部都叫来，对付你，看你接受得了接受不了！

当时把我吓得我都快瘫痪了。我当然接受不了，万一他们回来，这个推一下，那个搡一下，我就没命了。最后我就跟邻居一说，邻居让我赶快和哥哥嫂子商量。本来这些事情我都不愿意给哥哥嫂嫂说，但现在没办法了。我就把电话打到北京去，跟我嫂子一说，嫂子说你住养老院去，别在那个家待了。

就是这样苦。

我给他们留了个条子，就说我到上海去了。我走的时候，在家里留了一千块钱，这是家里的水电费。老头在的时候，他是老干部，水电暖都不要钱，装的电话都不要钱，老头不在了，啥都要我去交钱。他们领导说我一个学期去交一次。前面的费用我都交了，我说这一千块钱让他们交下次的费用。就是个水费电费，我有手机，电话J大内部打不要钱，所以用不了多少钱，一千块钱根本用不完。他们给我买的手机我也没拿，我就在条子上说你们妈妈回上海了，我也没说回上海做啥。门上的钥匙留下了，天然气的抄表单留下了，房产证留下了。

我在条子下面不写我的名字，我写"继母"两个字。我走后和邻居保持着联系，后来的事都是邻居说给我的。

我走了，他们回来看家里没有人，就给派出所报案了，派出所说，这个事，活要见人，死要见尸首。他们也害怕，我不在了，别人会猜疑是他们把我陷害了。他们就有了这个顾虑。但是派出所的人都聪明，一看我留下的那张条子，签名签的是"继母"两个字，心里就啥都明白了。派出所的人说，这个老太太没死，老太太要死，不会把什么都给你们安排得井井有条。她还给你们留一千块钱，老太太平时能用这么多水电费吗？她是在替你们着想。这是个好老太太，她不会死，你们这个"继母"人好，肯定是你们对她不好她才走的，你们对她好，她不会走。她有工作的，又不是没有文化，你看这个条子，第一条是啥，第二条是啥，写得清清楚楚。是你们对她不好，所以不要来找派出所了，老太太没死。

他们跟邻居说，老太太跑回上海，老太太可怜，上海冬天没有暖气，老太太会冻死。这话可笑，我从小在上海长大，我也没冻死，上海的冬天比北方暖和。这时候他们知道我可怜了。

我没回上海，我自己来养老院了。

我听邻居说他们把房子租出去了。他们想卖掉，但不能卖。因为房子是J大的，要卖只能卖给J大内部的人。可J大内部的人都知道我家这个情况，知道这个房子不能买，老太太还没出面。我走的时候是礼拜五，他们礼拜六礼拜天回来，我再要等到礼拜一处理房子，我就走不掉了。

我得赶紧走，我怕见到他们，他们那样对我，我实在受不了了。我对大儿子说你们不能虐待我，大儿子说他们没虐待我，是我老糊涂了，还说，说到底，我们也不是亲人。这话让人多伤心。我在这个家二十五年了，时间不短了。我给他们说我是"真心"换了你们的"假心"，换了第二个人给你们当妈妈，哪有这么对你们怜惜、对你们这样好？

到养老院，我说我是孤寡老人，人家要证明。我就带着养老院的人去了我单位。我们单位人事处证明说：这个同志是我们医院的老同志，这个老人是个好人，你们多照顾点，不能让她再吃苦了。这个人回来就给养老院汇报，说这个阿姨是个好人。

老头活着的时候，学校离休办组织过老干部参观过养老院。他们学校有离休办，有退休办，他是老干部，归离休办管。那次他对养老院的印象很不好，回去后，老头坐在沙发上对我说：哎呀老伴我要死的早，你千万别进养老院。我说老头子你放心，我一定不进养老院。

没想到最后我还是走到这一步。可是不进养老院咋办？

现在我在这里已经住了一年零八个月了。这里的伙食我不太习惯，我是南方人，不吃辣子，再一个，我也不爱吃馍馍、面条。我的身体还可以，刚来的时候邻居说你让人护理一段日子，你受苦了，养养身子。我就接受护理了一段日子，多交护理费，下来一共是两千四百七十块钱。我自己有退休金，可以自己养活自己。但是我的心情老是难受。

我们领导过春节来看我，给我送来五百块慰问金，又多给我五百块，说是专门给孤寡老人的。领导夸我身体好，说是听过我的名字，没见过我的人。因为我退休后除了跌断腿那次，从来没回医院看过病。医院盖了新楼让退休的人回去参观我也没去，你现在问我外科在哪个楼，内科在哪个楼，问了也是白问，我都不知道。所以新领导没见过我，只知道有过这么一个护士长。

我现在成了孤寡老人，二十五年了，毕竟我和老头有感情，他走了留下我一个人，我难受。住在这，楼下老人的子女有时候来看他爸看他妈，热闹声传上来，我也难受。我有谁看？孤寡老人！有时候以前的老同事会来看看我。但都是同龄人，她们都是1988年和我一起退休的，现在不是这个病就是那个病，来看我一趟都不容易。比起她们，我的身体算好的，她们都说我能活一百岁。她们来看我，都同情我住养老院，说我这样瘦这样瘦。可我哪里能胖得起来？胖不起来。她们让我自己租房住，可是租房住不可行，要雇保姆，要买家具，要有铺的盖的，要装空调，我都八十一岁了，还置办这些做啥。

住养老院有住养老院的不顺心，我不想说，现在养老院都是私人的，没有公家的。我很少下楼，才来的时候我接受护理，一年多都没出过门。现在我自己去食堂吃饭，吃饭的时候才下楼。

我做过护士长，养老院的医务人员有时候会来请教我，她们喊我老师。服务员都说我人好，把自己的屋收拾得干干净净，说我交了护理费，这些活应该她们来干。可是我能动，我就不想为难服务员。她们说像我这样的老人，她们管理一百个都不嫌累。我邻居的女儿来看我，进屋说：哎呀阿姨，他们怎么连个玻璃都不给你装？我说：咋没玻璃，是我自己擦得亮堂堂。我用报纸卷起来擦的玻璃。他们都叫我健康老人。

有些老人难伺候，把服务员骂得厉害。

我对我同事说，我现在想给别人家做奶奶，谁家要奶奶，不管是城市的还是农村的，把我接去，管我吃管我住，给我养老送终，我愿意去，我把退休金给谁家。这里有个老人，是农村的，她女儿来看到我对我说，阿姨你人好，我愿意把你当妈接回家住。我跟我同事一商量，她们说可不敢，万一把你钱骗光了，到时候让你躺在床上没人管，烂死在床上，这可不是马虎的事。我也想这可不是马虎的事，经过慎重考虑，我没答应。

养老院的领导都知道我心情不好，劝我对以前的事情不要想。可我是个大活人，怎么会不想？由不得自己要想，一想就吃不下饭，睡不着觉。

现在哥哥才知道我在老头死后过得这样不好。哥哥说我如何这么能忍，这些情况都不给他说。

我还有个姐姐，但是多少年不来往了。姐姐有四个孩子，因为我没孩子，文化大革命的时候就让我把工资寄回去接济她。但这是个不合理的事，我是没有孩子，可我有自己的家庭。为这事这个姐姐从此再也和我不往来了。我个人从来不向哥哥姐姐要一毛钱。文化大革命的时候，我爱人进牛棚，那时候工资低，我在食堂买三分钱咸菜吃一天，就这样我也没有向家里人伸过手。爱人回来跪着跟我说：谢谢你，要是换了别人肯定和我离婚了。我说：又不怪你，群众运动，又不是法院给你判了反革命……

所以以前的爱人也好，医院领导也好，没有人说我是个坏人。这就是我如今想不通的原因。二十五年了，我没有功劳也有苦劳，他们怎么能那样对我？我和他们爸爸也是通过组织领了结婚证的，我是合理合法的女主人，这个官司到法院打我也打得赢。我是没有儿女，可是哥哥姐姐、邻居、领导都可以给我作证，看看我是不是一个好人。我从来没有骂过他们一句，我不会骂人，我没有那样的坏毛病。以前我们面对的都是病人，就没有养成骂人的习惯，骂病人，不可能的事情。

哥哥现在经常跟我通电话，一说就几个小时，我也不管电话费了。哥哥对我说：你心好，能活一百岁，那些心不好的儿女，看着吧，六十岁就会死掉。

前几天我看《老年报》，上面也说人心地善良会高寿，我就对服务员说，报纸和我哥哥说的都是一样的话。

可是真要活一百岁又能怎样？那时候这世上就真的成我一个人了，唯一的哥哥嫂嫂肯定也不在了。到那时候，我还活着又有啥意思？——我在这世上太孤独。

[写在最后]
—— 严重的时刻

有关全社会关爱空巢老人的新闻报道汗牛充栋，我想，我们这个国度，如今从中央到地方，有顶层的设计，有民间的行动，针对"空巢老人"这一无可回避的社会之痛，均有了较为积极的态度，尽管完全克服这一社会之痛，在近期看来，几乎是无望的，其任重与道远，或许非几辈人、上百年都不能实现。但是，这是严重的时刻，在这样的时刻，毕竟，我们已经开始了积极的跋涉，而人类社会的进步，又从来都是在新的跋涉中日臻美好的。

对此，我愿意抱有善意的乐观。因为，我们每一个孤独的个人，都是这世上彼此的眺望者。

最后，我依然想用里尔克的诗句来结束我的这本书：

此刻谁在世界上某处哭。

无端端在世界上哭，

在哭着我。

此刻谁在世界上某处笑,

无端端在世界上笑,

在笑着我。

此刻谁在世界上某处走。

无端端在世界上走,

向我走来。

此刻谁在世界上某处死。

无端端在世界上死,

眼望着我

——里尔克《严重的时刻》

图书在版编目（CIP）数据

空巢：我在这世上太孤独/弋舟著.-上海：上海文艺出版社.2020（2022.7重印）
ISBN 978-7-5321-7420-1
Ⅰ.①空… Ⅱ.①弋… Ⅲ.①纪实文学－作品集－中国－当代
Ⅳ.①I25
中国版本图书馆CIP数据核字(2019)第296377号

发 行 人：毕　胜
责任编辑：林潍克
封面设计：人马艺术设计·储平
内文设计：钱　祯

联合出品：豆瓣阅读

书　　名：空巢：我在这世上太孤独
作　　者：弋　舟
出　　版：上海世纪出版集团　上海文艺出版社
地　　址：上海绍兴路7号　200020
发　　行：上海文艺出版社发行中心发行
　　　　　上海市绍兴路50号　200020　www.ewen.co
印　　刷：浙江中恒世纪印务有限公司
开　　本：890×1240　1/32
印　　张：6.625
插　　页：5
字　　数：135,000
印　　次：2020年4月第1版　2022年7月第3次印刷
Ｉ Ｓ Ｂ Ｎ：978-7-5321-7420-1/I · 5897
定　　价：58.00元
告 读 者：如发现本书有质量问题请与印刷厂质量科联系　T:0571－88855633